中階

小學生活用

成語學堂

審校：宋詒瑞

新雅文化事業有限公司
www.sunya.com.hk

教你精準用成語

宋詒瑞

　　成語，是我們漢語詞庫中的瑰寶。成語，是人們長期以來慣用的一種特殊結構的詞彙，通常是四字一句（也有很少一部分是四個字以上的），短小精悍，語簡意賅，簡單的幾個字講述了一個故事、一段歷史，或形容了一個情景，描寫了一種狀態；或闡述了一個道理，給人以思想上的啟迪。我們在寫作時適當運用一些成語，能使文章簡潔精闢，文采斐然。所以我們要學習成語，懂得它們的原意，並學會在寫作時運用它們。

　　可是，我們在運用成語時有以下幾點須留意的：

　　一、要清楚理解成語的含義，分清它是含有貶義還是褒義的，才不會用錯。譬如有學生在形容同學回答不出老師提問時的慌張神態，用了貶義的「做賊心虛」，這就有點過分了，不如用中性的「張口結舌」、「吞吞吐吐」比較貼切。再如有人描寫消防員在火場救火時的表現是「手忙腳亂」、「神色慌張」，這就含有貶義了，應該改用「眼明手快」、「鎮定自若」、「有條不紊」等褒義成語。還有人不明白「白馬過隙」是形容時間飛逝，卻用來形容騎士在障礙比賽中騎着馬跨越一道短欄的動作，這就鬧笑話了。

　　二、有的同學學會了很多成語，很喜歡用成語作文，這本是好事，但是在一篇文章中用了太多成語，效果就適得其反。有位同學

在描寫春天景色時，寫了這樣一段：「花園裏鳥語花香，景色誘人。花圃裏百花齊放，五顏六色、五彩繽紛、絢麗奪目、琳瑯滿目、爭妍鬥麗，叫人目不暇給、欣喜異常、流連忘返。」其實他運用這些成語來描寫春景都很貼切，但是用得太多太集中，反而使人讀起來覺得累贅、繁瑣，顯得有些矯揉造作，文章就給人浮誇不樸實的感覺。這裏的十來個成語中可以刪去五六個，可以把一些成語用在其他段落中，不要集中在一處。

　　三、與此相反，有些同學學了些成語，卻不懂得使用，這是另一個極端。譬如有人記述他在體育課上做不到一個極普通的翻跟斗動作，幾次失敗，遭到同學嘲笑，使得他很羞愧。在此情況下，他當然可以寫成「我難為情極了，低下頭不敢望向大家，恨不得地上有個洞給我鑽進去，讓我從地球上消失掉……」之類的句子，那也很生動，但是一句成語「無地自容」四個字就精確地概括了當時的心境，把它加在文中，更添感染力。

　　所以我們要多學些成語，明白它們的意思，自己在作文時選用適當的成語來表達意思，這樣我們的寫作水準就會不斷提升。這本書中把我們在各個方面常用的一些成語都作了精闢的解釋，有些注明了出處，介紹了有趣的歷史背景，並舉例說明如何使用、如何辨析幾個相似的近義詞、認識一些反義詞……還設計了有趣的練習讓你學習使用。這是一本很有益的成語手冊，好好學習利用吧！

目録

單元名稱	分類成語				篇章
55 **單元五** 花草樹木	含苞待放 爭妍鬥麗 奇花異卉 枝繁葉茂	百花齊放 繁花似錦 綠草如茵 欣欣向榮	花枝招展 花團錦簇 鬱鬱蔥蔥	萬紫千紅 鳥語花香 綠葉成蔭	籠杜鵑 美麗的銀杏樹
67 **單元六** 動物神態	小巧玲瓏 炯炯有神 神氣活現 慢條斯理	龐然大物 四腳朝天 大搖大擺 旁若無人	擠眉弄眼 活蹦亂跳 不動聲色	抓耳撓腮 眼明手快 優哉游哉	動物園之旅 我家的鸚鵡
79 **單元七** 面對困難	心急如焚 坐立不安 不知所措 迫不得已	手忙腳亂 如坐針氈 無能為力 愛莫能助	驚惶失措 寢食不安 無計可施	心慌意亂 膽戰心驚 走投無路	毛毛蟲的救援 麻雀媽媽救子記
91 **單元八** 文化藝術	洋洋大觀 應有盡有 一氣呵成 扣人心弦	形形色色 眼花繚亂 龍飛鳳舞 五花八門	望塵莫及 目不暇給 出神入化	包羅萬象 不計其數 妙趣橫生	參觀書畫展 書展參觀記

單元一　愉快心情

啼笑皆非	哭笑不得	哄堂大笑	歡天喜地	滿面春風
眉開眼笑	笑逐顏開	破涕為笑	忍俊不禁	捧腹大笑
喜形於色	笑容可掬	欣喜若狂	樂在其中	

成語小學堂

啼 笑 皆 非　tí xiào jiē fēi

【解釋】啼：哭；皆非：都不是。哭也不是，笑也不是，不知如何才好。形容人的行為既令人感到難堪，又令人覺得好笑。

【例句】1. 弟弟畫的畫歪歪扭扭的，讓媽媽啼笑皆非。
　　　　2. 這齣鬧劇荒誕至極，讓大家啼笑皆非。

【近義】㊂哭笑不得、㊂狼狽不堪

哭 笑 不 得　kū xiào bù dé

【解釋】哭也不好，笑也不好。形容處境尷尬、又好氣又好笑的感覺。

【例句】1. 他說話總是不着邊際，讓人哭笑不得。
　　　　2. 他的解釋讓人哭笑不得，連他自己也羞紅了臉。

【近義】㊂啼笑皆非

【反義】㊂處之泰然、㊂落落大方

辨析

「哭笑不得」和「啼笑皆非」都可形容處境尷尬。但「啼笑皆非」多用於書面語，而「哭笑不得」則口語用得較多一些。

哄堂大笑 hōng táng dà xiào

【解釋】形容全屋的人同時大笑。

【典故】五代時期有兩個宰相，一位是馮道，另一位是和凝。一天，和凝看見馮道穿着一雙新鞋子，於是便問馮道：「你新買的鞋子價值多少錢？」馮道舉起他的左腳給和凝看，說：「九百個銅錢。」和凝馬上回頭對僕人說：「我的靴子為什麼要花費一千八百個銅錢？」和凝因此責罵僕人，懷疑他私吞錢財。過了好一會兒，馮道才舉起他的右腳說：「這隻也是九百銅錢。」周圍的人聽了，都哄堂大笑。

後人以「哄堂大笑」形容眾人一起大笑的情況。

（出處：歐陽修《歸田錄》）

【例句】1. 小丑滑稽的表演不時令現場觀眾哄堂大笑。

2. 主持人幽默的開場白讓大家哄堂大笑。

【近義】㊿捧腹大笑、㊿啞然失笑

【反義】㊿泣不成聲

歡 天 喜 地 huān tiān xǐ dì

【解釋】形容非常高興。

【例句】1. 看她歡天喜地的樣子，必定是發生了什麼好事吧！
2. 我們玩遊戲贏得了一大堆公仔，歡天喜地回家。

【近義】㊗興高采烈、㊗滿面春風

【反義】㊗愁眉苦臉、㊗痛哭流涕

滿 面 春 風 mǎn miàn chūn fēng

【解釋】滿臉笑容，心情愉快。

【例句】1. 看他自旅行後回來滿面春風的樣子，想必旅程十分
愉快。
2. 他滿面春風地告訴朋友們他最近升職了。

【近義】㊗歡天喜地、㊗笑逐顏開、㊗春風得意

【反義】㊗愁眉苦臉、㊗愁眉不展

眉 開 眼 笑 méi kāi yǎn xiào

【解釋】開：舒展。指眉頭舒展，眼含笑意，形容非常愉快的樣子。

【例句】1. 哥哥在這一屆朗誦比賽獲獎的消息讓爸爸媽媽眉開眼笑。

2. 祖母眉開眼笑地抱着出生不久的小孫兒。

【近義】⑬笑顏逐開、⑬喜出望外、⑬眉飛色舞

【反義】⑬愁眉不展、⑬愁眉苦臉

辨析

「眉開眼笑」和「眉飛色舞」都形容人高興的樣子，但「眉飛色舞」偏重在「得意洋洋」；「眉開眼笑」偏重於「快樂」。

笑 逐 顏 開 xiào zhú yán kāi

【解釋】逐：驅使；顏：面容、臉色。指笑得使面容舒展開來，形容滿臉笑容，十分高興的樣子。

【例句】1. 媽媽笑逐顏開地看着我親手製作的生日賀卡，開心極了。

2. 絢麗的煙花在半空綻放，讓大家看得笑逐顏開。

【近義】⑬眉開眼笑、⑬喜笑顏開

【反義】⑬憂心忡忡、⑬悶悶不樂

破 涕 為 笑 pò tì wéi xiào

【解釋】涕：眼淚。指停止了哭泣，露出了笑容，形容轉悲為喜。

【例句】1. 當三歲的妹妹因為得不到想要的玩具而哭鬧時，一塊巧克力就能讓她破涕為笑。

2. 她一直哭個不停，直到她破涕為笑，大家才鬆了一口氣。

【近義】㊉轉悲為喜　　【反義】㊉淚如雨下、㊉泣不成聲

辨析

「破涕為笑」和「轉悲為喜」都表示轉悲哀為喜悅，但「破涕為笑」是形象的描寫，「轉悲為喜」是直接的陳述。

忍 俊 不 禁 rěn jùn bù jīn

【解釋】忍俊：原指抑制鋒芒外露，後指含笑；不禁：不能自制、止不住。指不能克制自己，忍不住發笑的意思。

【例句】1. 小企鵝走路時左右擺動，呆頭呆腦的樣子實在令人忍俊不禁。

2. 小表弟口齒不清的表達讓大家忍俊不禁。

【近義】㊉喜不自禁、㊉啞然失笑　　【反義】㊉強顏歡笑

成語小百科

不同的笑可以表達不同的情感，例如「忍俊不禁」表達了忍不住的笑；「破涕為笑」表達了由悲到喜的情感；「眉開眼笑」表達了洋溢於臉上的快樂心情。

捧腹大笑 pěng fù dà xiào

【解釋】捧腹：用手捂住肚子。形容遇到極可笑的事情時，笑得不能抑制的樣子。也有一種通俗的說法是大笑時笑得肚痛，所以用手捂着肚子。

【典故】司馬季之是西漢時一個非常有名的占卜師。有一天，中大夫宋忠和博士賈誼看到司馬季之正在與弟子們討論占卜星相，二人都被司馬季之的精彩言論吸引住。他們問司馬季之：「為何先生有如此才識，卻在這裏做這種卑賤的事？」司馬季之聽後即捧腹大笑，並說：「我看兩位都是有學識而且明道理的人，但怎麼說出來的話卻像個目不識丁的粗人？」後人以「捧腹大笑」生動地描述人們笑得不能自已的樣子。（出處：司馬遷《史記·日者列傳》）

【例句】1. 電影中的卡通大熊貓笨笨的樣子讓觀眾捧腹大笑。
2. 妹妹拿媽媽的唇膏塗在臉上，逗得爸爸捧腹大笑。

【近義】㈲開懷大笑、㈲令人捧腹

【反義】㈲號啕大哭、㈲泣不成聲

喜形於色　xǐ xíng yú sè

【解釋】形：表現；色：臉色。形容內心的喜悅在臉上表露無遺。

【例句】1. 看她喜形於色的樣子，我就知道她今次的考試成績一定相當不錯。

2. 看她抱着個初生嬰兒坐着曬太陽，喜形於色，就知道這是一位剛為人母的幸福媽媽。

【近義】㊐眉開眼笑、㊐笑逐顏開

【反義】㊐愁眉不展、㊐愁眉苦臉

笑容可掬　xiào róng kě jū

小貼士：「掬」粵音「谷」。

【解釋】掬：用雙手捧起來。指臉上的笑容好像可以用手捧起來一樣。形容笑容滿面。

【例句】1. 爺爺笑容可掬地跟公園裏的老朋友打招呼。

2. 今天老師笑容可掬地走進教室，我們都在猜是不是有什麼喜事，原來是我們獲評為年度優秀班級！

【近義】㊐眉開眼笑、㊐喜形於色

【反義】㊐愁眉苦臉、㊐愁眉不展

辨析　「笑容可掬」和「喜形於色」都有臉上流露喜悅的意思，但「笑容可掬」強調面部表情，可能內心也是高興的，但也指心裏另有目的而刻意露出笑容。「喜形於色」的喜悅是發自內心，從而表現在臉上，表裏如一。

欣喜若狂 xīn xǐ ruò kuáng

【解釋】形容開心到了極點，非常快樂。

【例句】1. 她聽到自己得到冠軍，就欣喜若狂地歡呼了起來。

2. 知道明年可以去歐洲旅行，姊弟倆都欣喜若狂，熱烈地討論着旅行的事。

【近義】㉌歡天喜地、㉌樂不可支

【反義】㉌愁眉不展、㉌愁眉苦臉

樂在其中 lè zài qí zhōng

【解釋】形容在做某些事的過程中得到樂趣，心情愉快。

【例句】1. 他的工作雖然日夜顛倒，而且薪水微薄，可他仍然樂在其中。

2. 別人都不覺得這個遊戲有趣，但他卻樂在其中，玩個不停。

【近義】㉌自得其樂、㉌樂此不疲

【反義】㉌百無聊賴、㉌沒精打采

小姨的婚禮

我最喜愛的小姨上周六結婚，我們全家參加了她的婚禮。

那天一大早，媽媽就帶我來到了外婆家。當我興沖沖地推開小姨的房門時，眼前出現的竟不是我想像中喜氣洋洋①的熱鬧場面，我反而看到身穿裙褂的小姨，正倚在外婆的肩頭愁眉不展，臉上還掛着兩道淚痕。媽媽打趣道：「我知道你是因為捨不得離開媽媽，但不知道的還以為你受了多大的委屈，不想嫁人呢！」這才讓小姨破涕為笑。

就在這時，外面傳來一陣急促的敲門聲，「接新娘啦！接新娘啦！」，緊接着是歡天喜地的呼叫。早已守候在門口的伴娘和姊妹們可不會放過這大好的考驗機會，只見一位姊姊笑容可掬地拿出早已擬定好的「考驗計劃」，從門縫中塞給了新郎。「新郎是很有誠意的，可不可以簡單點啊？」長長的「考驗計劃」讓門外的兄弟們哭笑不得，只好硬着頭皮在門外替新郎求情，引來哄堂大笑。新郎不僅按「考驗計劃」上的要求完成了一系列任務，還輕鬆解決了伴娘和姊妹們提出的各種各樣問題……

寫作小貼士

伴娘和姊妹的笑、兄弟的笑、親友的笑都各有不同，運用不同的成語生動地描繪出不同的笑。

等到新郎通過「重重考驗」出現在自己面前，頭紗後的小姨早已笑逐顏開。在「新人敬茶」的環節中，在姨媽的指引下，英俊帥氣的新郎與美麗動人的新娘牽手來到了外公面前，平日不苟言笑②的外公此時也變得眉開眼笑。他一一喝過新人遞上的茶，又拉着他倆的手，自然免不了一番的叮嚀與祝福。

寫作小貼士

「不苟言笑」與「眉開眼笑」形成鮮明的對比，使歡樂氣氛更加熱烈。

在親友的祝福聲中，新娘和新郎坐進了花車，一起前往教堂。

① 喜氣洋洋：形容人笑逐顏開。
② 不苟言笑：不隨便說笑，形容態度莊重、嚴肅的樣子。

有趣的舊相簿

暑假時，我和弟弟一起到郊區的祖父家度假，意外地看到很多舊相簿。瞧，這張泛黃的照片中，手持公事包，身材高大，衣冠楚楚①的男人，不就是年輕時的祖父嗎？可是後面的火車和旁邊的長河又是哪兒呢？「這是你們祖父在上海的留影。」祖母告訴我。看到這張相片，祖母感歎道：「別看祖父現在老了，當年可是一位眉清目秀②的帥哥呢。」

那麼，這張是在農場拍的照片嗎？在一棵低矮的荔枝樹前，三人一字排開，眉開眼笑的祖父和祖母，各握住身前小孩的一隻小手，孩子強顏歡笑③的表情充分表達了他不願入照。咦？在又粗又大的樹幹上明明還藏着一個人嘛！在茂密的樹葉之間，可以依稀看見一雙黑瘦的小手正緊緊抱着樹幹。「難道是爸爸？」我們問祖父。「這個時候你們的爸爸還沒出世呢！」祖父說。原來是拍照的這一年荔枝大豐收，歡天喜地的祖父、祖母帶着大伯和二伯拍照留念，誰知淘氣的二伯躲到了樹上，怎麼也不肯下來拍照，於是就有了這張獨特的「全家福」。聽了祖父的話，我和弟弟忍俊不禁，沒想到平時一本正經的二伯居然也有淘氣的一面。

祖父和祖母看相簿時興致勃勃的樣子使我百感交集④，我彷彿看到了他們通過時光隧道，回到了往日的好時光。

寫作小貼士
運用成語恰當地描述出兩代人的表情，精練而傳神。

寫作小貼士
「忍俊不禁」活潑地表達了作者和弟弟忍不住笑的感覺。

釋詞
① 衣冠楚楚：形容服飾穿着得非常整齊。
② 眉清目秀：形容外貌清秀俊朗。
③ 強顏歡笑：勉強裝出高興的樣子。
④ 百感交集：多種感受混雜在一起。

一 成語填充

選擇下列成語，填在句子的橫線上，答案可多於一個。

> 破涕為笑　　哄堂大笑　　眉開眼笑　　笑容可掬　　笑逐顏開

1. 小丑在台上施展渾身解數，那趣怪的表情和滑稽的動作引起 ＿＿＿＿＿＿＿＿，全場觀眾報以熱烈的掌聲。

2. 今年風調雨順，莊稼長得很好，想必今年又是一個豐收年， 農夫們個個 ＿＿＿＿＿＿＿＿。

3. 聽到媽媽說要去公園，正哭鬧着要零食的弟弟 ＿＿＿＿＿＿＿ ＿＿＿＿，連眼淚也顧不得擦，就喜滋滋地跟着媽媽出門了。

4. 哥哥用功讀書，終於考上了國外著名大學，爸爸媽媽高興得 ＿＿＿＿＿＿＿＿。

5. 這間店的老闆每天 ＿＿＿＿＿＿＿＿地站在櫃台前，熱情 地招待每一位進店的顧客。

二 成語運用

句子中的劃線部分可用哪一個最適當的成語來代替？圈出代表答案的英文字母。

1. 看爸爸<u>滿臉笑容，十分高興</u>的樣子，就知道現在的話題說到了他感興趣的汽車。

   A. 笑逐顏開　　　　　B. 破涕為笑

   C. 捧腹大笑　　　　　D. 忍俊不禁

2. 爸爸說了個有趣的故事，使我們哈哈大笑，弟弟更是<u>笑得摀着肚子大叫頂不住</u>。

   A. 笑容可掬　　　　　B. 笑逐顏開

   C. 捧腹大笑　　　　　D. 欣喜若狂

3. 幾個頑皮的學生故意讀錯同學的名字，弄得大家<u>哭也不是，笑也不是</u>。

   A. 哭笑不得　　　　　B. 破涕為笑

   C. 歡天喜地　　　　　D. 喜形於色

4. 得知爸爸升職的消息，媽媽<u>喜悅的神色都在臉上表露無遺</u>。

   A. 哭笑不得　　　　　B. 破涕為笑

   C. 喜形於色　　　　　D. 欣喜若狂

5. 剛剛妹妹還哭個不停，但看見桌上的蛋糕便<u>停止了哭泣，笑了起來</u>。

   A. 樂在其中　　　　　B. 啼笑皆非

   C. 眉開眼笑　　　　　D. 破涕為笑

單元二 學習態度

循序漸進　　日積月累　　溫故知新　　如饑似渴　　夜以繼日
融會貫通　　持之以恆　　孜孜不倦　　發憤圖強　　自強不息
勤能補拙　　腳踏實地　　學以致用　　得心應手

成語小學堂

循 序 漸 進　xún xù jiàn jìn

【解釋】循：依照、沿着。形容做事按照一定的次序與步驟逐漸向前推進、深入。

【例句】1. 老師說學習要由淺入深，循序漸進，不能急於求成。
　　　　2. 醫生提醒市民運動前要先熱身，循序漸進。

【近義】㊞按部就班

【反義】㊞一步登天、㊞急於求成

日 積 月 累　rì jī yuè lěi

【解釋】一天一天、一月一月地不斷堆積。指長時間不斷地積累。

【例句】1. 地下排水管道常有淤泥堆積，日積月累之下，現時已經完全被堵塞了。
　　　　2. 這位奧林匹克運動會冠軍說他奪冠沒有秘訣，靠的只是年復一年、日積月累的刻苦訓練。

【近義】㊞積少成多、㊞成年累月

【反義】㊞一暴十寒、㊞一蹴即就

温故知新 wēn gù zhī xīn

【解釋】温：温習；故：舊的。指温習學過的知識，可以從中體會和發現新的東西；亦形容回顧過去，認識現實。

【典故】孔子是先秦時有名的教育家。有一天，一個學生問孔子：「老師，你可以教教我們學習的方法嗎？怎樣的人才可以當老師呢？」孔子答道：「學習時把以往學到的東西反覆温習，這樣既可鞏固已有的知識，又可以從舊有的知識得出新的體會。學習時如果做到温故知新，就可為人師表了。」從此，「温故知新」就成了廣為人用的學習方法。（出處：孔子《論語·為政》）

【例句】1. 考試前的複習讓我真正體會到温故知新的重要。
2. 美琳學習時常温故知新，所以成績不斷進步。

【近義】㊄以古鑒今

【反義】㊄數典忘祖

成語小百科 　　數典忘祖：指敍述過去禮制歷史時，卻忘掉祖先原有的職掌。後比喻忘掉自己本來的情況或事物的本源，也指不知自己國家的歷史。

如饑似渴 rú jī sì kě

【解釋】形容需求很迫切，好像餓了急着要吃飯，渴了急着要喝水一樣。多用在學習上。

【例句】1. 他每天都花很多時間在圖書館，如饑似渴地閱讀不同種類的藏書。
2. 每次有新的電子產品開售，都引來大批顧客如饑似渴地搶購。

【近義】㊀迫不及待

【反義】㊀不慌不忙、㊀四平八穩

夜以繼日 yè yǐ jì rì

【解釋】用晚上的時間接上白天。形容日夜不停地工作。多用於工作、學習，表示幹勁十足、堅持不懈。

【例句】1. 為了在這次考試得到佳績，哥哥夜以繼日地溫習。
2. 地震救援隊夜以繼日地展開救援工作，務求救出更多生還者。

【近義】㊀通宵達旦、㊀晝夜不分

融會貫通 róng huì guàn tōng

【解釋】融會：融合各種說法，領會其實質；貫通：貫穿前後，串連事情，令事情清晰易明。指把各方面的知識或道理融合、串連在一起，從而取得對事理全面透徹的領會。

【例句】1. 他把學到的知識融會貫通，因此很快便在工作上取得進步。

2. 粵劇在發展過程中，受到其他民間藝術的影響，融會貫通，形成了獨特的藝術風格。

【近義】㊄舉一反三、㊞豁然貫通

【反義】㊄囫圇吞棗、㊄生吞活剝

持之以恆 chí zhī yǐ héng 褒

【解釋】有恆心、長久地堅持下去。

【例句】1. 我們要想擁有健康的身體，就必須每天運動，並且持之以恆。

2. 學習新事物一定要持之以恆，不可半途而廢。

【近義】㊄鍥而不捨、㊄孜孜不倦

【反義】㊄半途而廢、㊄虎頭蛇尾

孜 孜 不 倦 zī zī bú juàn 褒

【解釋】孜孜：勤勉、不鬆懈。指工作或學習勤奮而不知疲倦。

【典故】三國時，蜀漢的丞相參軍馬謖在戰爭中棄軍逃走。丞相長史向朗與馬謖是好朋友，卻對馬謖逃走的事知情不報，因此遭到罷免。

之後向朗專注鑽研學問並撰寫書本。他孜孜不倦地工作，直至八十歲仍親自校對書本，改正書本中的錯處。

後人以「孜孜不倦」形容像向朗一樣勤奮學習的精神。

（出處：陳壽《三國志・蜀書・向朗傳》）

【例句】1. 儘管身體不好，志明仍孜孜不倦地學習。

2. 他孜孜不倦地練習英語，現時已能用流利的英語跟外國人對話。

【近義】⓱廢寢忘餐、⓱勤學苦練

【反義】⓱遊手好閒、⓱飽食終日

發 憤 圖 強　fā fèn tú qiáng 褒

【解釋】發憤：下定決心努力；圖：謀求。指下定決心，努力追求進步、謀求富強。

【例句】1. 多年前他的生意失敗了，但因為有親友的鼓勵，他下定決心發憤圖強，如今已是成功的企業家。

2. 那位父親為了使兒子發憤圖強，決心陪兒子一同溫習，以身作則。

【近義】㊤發憤忘食、㊤臥薪嘗膽、㊤自強不息

【反義】㊤苟且偷安、㊤自暴自棄

自 強 不 息　zì qiáng bù xī 褒

【解釋】息：停止。自覺地努力向上，永不停步、永不懈怠。

【例句】1. 貝多芬沒有輕言放棄，自強不息，最終成為著名的音樂家。

2. 工程師們憑着自強不息的精神，勇敢地挑戰大自然，完成修築高原公路的艱險工程。

【近義】㊤發憤圖強

【反義】㊤自暴自棄、㊤心灰意懶

勤 能 補 拙　qín néng bǔ zhuō 褒

【解釋】勤奮努力可以彌補天資的不足。

【例句】1. 這位年輕的球員感受到自己的實力比不上其他隊員，決心加緊練習，希望勤能補拙。

2. 家偉雖然不是很聰明，但勤能補拙，他的各項功課都很出色。

【近義】成努力不懈、成笨鳥先飛

【反義】成自暴自棄、成一暴十寒

腳 踏 實 地　jiǎo tà shí dì 褒

【解釋】腳踏在實在的地上。比喻做事認真、踏實、不虛浮。

【例句】1. 兩兄弟個性全然不同：哥哥腳踏實地，安分守己；弟弟有各種古靈精怪的主意，總想出風頭。

2. 他是一個腳踏實地的人，雖然不會說什麼動聽的言辭，但他做事認真，令人信任。

【近義】成實事求是、成一絲不苟

【反義】成弄虛作假、成好高騖遠

學 以 致 用 xué yǐ zhì yòng 褒

【解釋】將學到的東西運用到實際的工作或生活中。

【例句】1. 表哥讀完電子工程的課程後，找到一份負責編寫電腦程式的工作，正好學以致用。

2. 老師告訴我們，學習不是學完就算，要學以致用，才是真正學會這些知識。

【近義】 詞 活學活用

【反義】 詞 學非所用

得 心 應 手 dé xīn yìng shǒu 褒

【解釋】心裏怎樣想，手上就能怎樣做。形容技藝熟練，運用自如，做事很順手。

【例句】1. 阿姨十分能幹，不但會燒菜煮飯，對於縫紉編織更是得心應手。

2. 台上的雜技演員做各樣高難度的動作時都得心應手，相信他在台下花了不少時間苦練。

【近義】 成 駕輕就熟、成 遊刃有餘、詞 心手相應

成語故事廊

堅持不懈的傑克‧倫敦

　　傑克‧倫敦是美國的著名作家，出生在一個十分貧困的家庭。十歲那年，傑克‧倫敦就被迫離開校園，靠賣報紙、在工廠打工掙錢。一晃眼，九年過去了。傑克‧倫敦的生活仍然漂泊不定[①]。他在街上一邊閒逛，一邊鬱悶地想：難道自己一輩子就這樣苟活下去嗎？

　　他無意中踱入一間公共圖書館，隨手拿起一本《魯賓遜漂流記》看起來，不料就被書中的人物和故事情節深深吸引住了，而且大為感動，恨不得一口氣就把書讀完。從此他讀書的熱情不可抑制，只要一有時間，他就一頭栽進書海裏，如饑似渴地讀着。傑克‧倫敦開始發憤圖強，他深感自己知識貧乏，於是在看書時，只要遇到好的詞句，就立刻寫在小本子上，又製作詞句卡，放在家中各個地方，方便隨時溫故知新。傑克‧倫敦的語文知識不斷累積，寫作時越來越得心應手。

寫作小貼士

用「如饑似渴」來形容人物對讀書的熱情，形象鮮明。

　　最初，傑克‧倫敦寄出去的稿子一篇接着一篇地被退了回來，但是他沒有氣餒，堅信勤能補拙，仍然夜以繼日地在創作的道路上辛苦堅持。皇天不負有心人，傑克‧倫敦出版的小說集獲得了巨大成功，繼而寫出了一系列膾炙人口[②]的作品，成為有名的小說家。

寫作小貼士

用「勤能補拙」、「夜以繼日」表現人物的勤奮，精練又貼切。

　　傑克‧倫敦的成功告訴我們：成功離不開積累。學習是一個循序漸進、持之以恆的過程，只有每天堅持不懈地努力，日積月累，你才會實現自己的目標，取得成功。

寫作小貼士

整篇文章用了很多正面的成語來描述正確的學習態度，值得我們學習運用。

 釋詞
① 漂泊不定：形容生活不安定。
② 膾炙人口：比喻受人歡迎、流行一時的事物。

成語故事廊

勤奮好學的牛頓

牛頓是一位舉世聞名①的科學家，出生在一個清貧的家庭中。你知道牛頓靠什麼成為著名科學家嗎？就是「勤奮」二字。少年時的牛頓並不是神童，他資質平凡，成績一般，但他喜歡讀書，特別是一些介紹各種簡單機械模型製作方法的讀物。他從書中受到啟發，自己動手製作一些小玩意，如風車、木鐘等。

寫作小貼士

開篇簡要介紹牛頓，運用問句來引起讀者的好奇心。

十四歲時，牛頓被迫退學，改去跟人學做生意。但牛頓卻不想做什麼生意，經常坐在一旁專心讀書，所有的事情都交給別人打理。一天，路過的舅舅勃然大怒②，一把奪過牛頓的書，發現牛頓看的是一本數學書，書上還用各種符號做滿了記號。舅舅十分感動，還反過來勸説牛頓的媽媽送牛頓繼續上學。

繼續學習的牛頓下決心要努力攀上數學的高峯。他從基礎知識、基本公式重新學起，腳踏實地、循序漸進，直到掌握要領、融會貫通，為自己的科學研究打下了深厚的基礎。有志者事竟成③，經過一番努力，牛頓二十二歲時發明微分學，二十三歲時發明積分學……當牛頓計算出「萬有引力」定律後，沒有急於發表，而是繼續孜孜不倦地研究，經過長時間的反覆驗證和計算，確認正確無誤後，才將它發表於世。

寫作小貼士

文中連用三個成語來表現牛頓學習的勤奮，會給人留下更加深刻的印象。

牛頓憑着自強不息的精神，不僅使自己成為舉世矚目④的科學家，也為人類科學事業作出了巨大貢獻。

釋詞

① 舉世聞名：形容名氣非常大。
② 勃然大怒：形容非常憤怒的樣子。
③ 有志者事竟成：指有志向的人總會取得成功。
④ 舉世矚目：指得到全世界的注意。

成語訓練營

一 圖說成語

下面的圖片可以用哪個成語來形容？在橫線填上正確的答案。

1.

成語：＿＿＿＿＿＿＿＿＿＿

2.

成語：＿＿＿＿＿＿＿＿＿＿

二 成語解釋

找出下列成語方框內的字是什麼意思，圈出代表答案的英文字母。

1. 日積月 累 ： A. 辛勞　　B. 連累　　C. 堆積

2. 融 會 貫通 ： A. 集會　　B. 見面　　C. 領會

3. 自強不 息 ： A. 氣息　　B. 停止　　C. 呼吸

4. 溫 故 知新 ： A. 溫習　　B. 得知　　C. 舊的

二 成語填充

選擇下列成語，填在橫線上。

> 融會貫通　　勤能補拙　　自強不息
>
> 日積月累　　得心應手　　夜以繼日

1. 為了搶救傷者，救援人員正 ＿＿＿＿＿＿＿＿＿、不眠不休地在廢墟中挖掘。

2. 這位傷健人士沒有因為身體的缺陷而屈服，而是 ＿＿＿＿＿＿＿＿＿＿＿＿＿地挑戰命運，創出一番成就。

3. 這位獲獎無數的作家雖然年輕，但各種寫作技巧運用起來 ＿＿＿＿＿＿＿＿＿，風格多變。

4. 學習任何知識都要 ＿＿＿＿＿＿＿＿＿，不能單靠死記硬背。

5. 子光雖不聰明，學習效率不高，但是 ＿＿＿＿＿＿＿＿＿，所以他總是比身邊的同學更加努力和認真。

6. 多吃含有添加劑的食物，短期內可能不覺得怎麼樣，但 ＿＿＿＿＿＿＿＿＿，身體健康必然會受到影響。

單元三　氣象萬千

旭日東昇	霞光萬道	行雲流水	電閃雷鳴	和風細雨
狂風暴雨	傾盆大雨	滂沱大雨	風雨交加	狂風怒號
風平浪靜	晴天霹靂	雨過天晴	冰天雪地	

成語小學堂

旭 日 東 昇　xù rì dōng shēng　褒

【解釋】旭日：早晨剛出來的太陽。指早晨太陽從東方升起，形容充滿活力、朝氣蓬勃的景象。

【例句】1. 伴隨着旭日東昇，朝霞滿天，萬道金光射向大地。
　　　　2. 旭日東昇，人們紛紛離開家，出門工作了。

【近義】㊉生機勃勃、㊉如日方升

【反義】㊉日薄西山、㊉氣息奄奄、㊉夕陽西下

霞 光 萬 道　xiá guāng wàn dào

【解釋】形容日出和日落時，陽光穿透雲霧，射出彩色光芒的美麗景象，也形容珍寶放出耀眼的光輝。

【例句】1. 黃昏時，茫茫雲海之上，霞光萬道，讓人心曠神怡。
　　　　2. 東方的海面之上，一輪紅日噴薄欲出，霞光萬道。

【近義】㊉霞光豔豔、㊏紅霞滿天

【反義】㊉天昏地暗、㊏烏雲密布

行雲流水 xíng yún liú shuǐ 褒

【解釋】 行雲:飄浮的雲;流水:流動的水。比喻自然流暢、不受拘束的文章、歌唱等。

【典故】 北宋著名文學家蘇軾才高八斗,當時有好多人都非常仰慕他的才華,紛紛向他請教。後來,蘇軾被貶職,須往外地,途中在廣州遇上謝民師。謝民師見機會難逢,便立刻向蘇軾送上自己的詩文作品。蘇軾與謝民師一見如故,兩人非常投緣。

離別時,蘇軾寫了一篇《答謝民師書》,蘇軾在文中提到:「你給我的詩詞歌賦,我都有好好地一一讀過,你的文章有如行雲流水。」

後人就以「行雲流水」形容自然界的浮雲與流水,也形容流麗文筆。(出處:蘇軾《答謝民師書》)

【例句】
1. 他閒時喜歡獨個兒坐在海邊,看着行雲流水,這樣就消磨了一個下午。
2. 這本書的文章有如行雲流水,看得他拍案叫絕。

【近義】 詞 揮灑自如

【反義】 詞 矯揉造作

電 閃 雷 鳴 diàn shǎn léi míng

【解釋】形容閃電飛光，雷聲轟鳴。也比喻快速有力及轟轟烈烈。

【例句】1. 膽小的妹妹最害怕電閃雷鳴的天氣了。
2. 脫韁的野馬以電閃雷鳴般的速度向遠處奔去。

【近義】成風馳電掣

【反義】成晴空萬里、成風和日麗

和 風 細 雨 hé fēng xì yǔ

【解釋】指春季溫和的微風及輕柔細雨。也常用以比喻態度和緩、不粗暴。

【例句】1. 窗外和風細雨，彷彿為街景蓋上一層薄紗。
2. 還好只是和風細雨，我們可以不用取消郊遊活動。

【反義】成暴風驟雨、成狂風暴雨

狂風暴雨 kuáng fēng bào yǔ

【解釋】猛烈的風、大而急的雨。也比喻聲勢猛烈或處境險惡。

【例句】1. 在草原上，一會兒晴空萬里，陽光燦爛；一會兒又變成狂風暴雨。

2. 一個堅強的人是能夠承受得住狂風暴雨的。

【近義】 ㊙暴風疾雨、㊙風雨如磐

【反義】 ㊙和風細雨、㊙風調雨順

傾盆大雨 qīng pén dà yǔ

【解釋】傾：全部倒出。形容雨大得像將盆裏的水倒下來，比喻雨下得又大又急。

【例句】1. 夏日午後，湛藍的天空忽然烏雲密布，更下起傾盆大雨來。

2. 傾盆大雨下個不停，從房簷上流下來的雨水在街道上匯集成一條條小河。

【近義】 ㊙滂沱大雨、㊙大雨如注

【反義】 ㊙和風細雨、㊙毛毛細雨

滂沱大雨 pāng tuó dà yǔ

小貼士：「滂沱」兩字都與水有關，因此都從「水」部。

【解釋】滂沱：大雨的樣子。形容雨下得很大。

【例句】1. 連日來都是滂沱大雨，加上大廈年久失修，因而出現漏水。

2. 正當我們準備出發的時候，天空突然下起了滂沱大雨，大家只好耐心等雨過天晴再出去玩。

【近義】㊟傾盆大雨、㊟大雨如注

【反義】㊟和風細雨、㊟毛毛細雨

風雨交加 fēng yǔ jiāo jiā

【解釋】風和雨一起襲來。形容天氣十分惡劣，也比喻多種災難同時發生。

【例句】1. 一陣風雨交加，使原本熱鬧的街道變得冷清了許多。

2. 大家都很難想像，他是怎樣獨自度過那段風雨交加的日子的。

【近義】㊟狂風暴雨、㊒多災多難

【反義】㊟風平浪靜

狂風怒號 kuáng fēng nù háo

【解釋】怒：發怒；號：號叫。大風颳得像發怒一樣號叫。

【典故】杜甫是唐代著名的詩人，當時發生了安史之亂，連年戰禍和天災令杜甫不斷過着流離失所的生活，帶着家人四處逃難。不久後，他終於在成都安定下來，並興建草堂，在那裏度過他人生最後的日子。

杜甫為這個草堂寫了一首《茅屋為秋風所破歌》。當中第一句便是：「八月秋高風怒號，卷我屋上三重茅。」從這詩句中可見杜甫晚年生活清貧，草堂僅以輕易被風吹起的茅草搭建而成，句中的「風怒號」便是「狂風怒號」的由來，描寫了當時風勢的狠勁。（出處：杜甫《茅屋為秋風所破歌》）

【例句】1. 暴風雨將要襲來，天色轉暗，狂風怒號，這給海上船隻的航行帶來了很大的風險。

2. 沙漠上狂風怒號，黃沙滿天，一不小心就可能被風沙淹沒，十分危險。

【近義】㊌狂風暴雨、㊌狂風驟雨

【反義】㊌風平浪靜

風 平 浪 靜 fēng píng làng jìng

【解釋】水面沒風浪，很平靜。比喻平安無事或情勢穩定。

【例句】1. 一輪紅日從風平浪靜的海面緩緩升起。

2. 等過幾天，大家就不會再議論這件事，那時便風平浪靜了。

【反義】㊟波濤洶湧、㊟驚濤駭浪

晴 天 霹 靂 qíng tiān pī lì

【解釋】在晴朗的天空裏突然打起響雷。也比喻突發的負面事件。

【例句】1. 剛才明明是陽光普照，突然卻響起了晴天霹靂，嚇了我一跳。

2. 他本來還興致勃勃地為旅行收拾行裝，怎料媽媽告訴他旅行取消了，真是晴天霹靂。

【近義】㊟風雲突變、㊟始料不及

雨 過 天 晴　yǔ guò tiān qíng

【解釋】大雨過後天氣轉晴。也比喻情況由壞變好或從黑暗到光明。

【例句】1. 雨過天晴，空氣顯得格外清新。

　　　　2. 經過了那段痛苦的日子，現時總算雨過天晴，他迎來了新的生活。

【反義】㉛天昏地暗、㈡烏雲密布

冰 天 雪 地　bīng tiān xuě dì

【解釋】天下雪，地積冰。形容漫天冰雪，天氣非常寒冷。

【例句】1. 妹妹從未見過雪，當她知道可以去冰天雪地的地方旅行就非常高興。

　　　　2. 這裏太冷了，彷彿是在冰天雪地的北極。

【近義】㉛寒氣逼人

【反義】㈡汗如雨下、㈡暑熱難忍

成語故事廊

海邊日出

香港擁有許多島嶼和清澈美麗的海灣，而海邊旭日東昇、變化無窮的壯麗景象更是讓人流連忘返[①]。

清晨不到五時，我就和爸爸、媽媽守候在海邊。此時天空還是一片昏黑，浪花不停地追逐，發出愉快的嘩嘩聲。大約五時二十分，天邊出現了一點微紅。雖然只是一點淺淺的紅，卻讓我們歡欣雀躍[②]。

漸漸地，紅色越來越濃，也越來越大，火紅的太陽露出了它光亮的額頭。天邊細長的雲朵頓時變得流光溢彩[③]。看，離太陽最近的那些雲朵，是紅色；稍遠一點的，是橙色；然後還有黃色，甚至紫色和藍色……燦爛輝煌[④]的雲彩把天空映得光彩奪目[⑤]，而在水天相接的地方，矯健的海鷗追逐着太陽，為這美不勝收[⑥]的畫面增添了幾分靈動。

寫作小貼士

分層次地描寫日出時天邊雲彩的顏色，又運用成語引發人們的想像，讓人有身臨其境的感覺。

不知過了多久，太陽突然猛地一掙，整個從海面上躍起來。太陽全身像是被誰塗了一層厚厚的胭脂，雖然很紅很紅，卻不耀眼。後來，太陽越升越高，越來越大，最後照亮了整個天地。放眼望去，天空中霞光萬道，海面上波光粼粼[⑦]，水天一色，太陽卻熱情得讓人不敢直視了……

寫作小貼士

運用描寫大海、天空的成語對眼前的美景進行描摹，引人入勝。

釋詞

① 流連忘返：形容沉迷於遊樂而忘了回去；後多指留戀某事，捨不得離開。
② 歡欣雀躍：高興得像麻雀一樣跳躍，形容非常歡樂。
③ 流光溢彩：光像在流動，色彩像要溢出來。
④ 燦爛輝煌：形容光彩四射，非常耀眼。
⑤ 光彩奪目：形容色彩鮮明耀眼。
⑥ 美不勝收：形容美好的東西太多，一時接受不完或看不過來。
⑦ 波光粼粼：水面波光閃動的樣子。

成語故事廊

颱風來了

晚飯時，外面還一點動靜都沒有，到了夜裏九時多，窗外便傳來了可怕的「呼呼」聲，我知道颱風來了。

八號風球來勢洶洶①，不出一刻鐘，房間的玻璃窗已經被它吹得不停作響，我透過那晃動的玻璃窗往外看，路上的行人寥寥無幾②，他們縮着身子，艱難地撐着傘往前行。路邊的樹木被狂風吹得東倒西歪，幾棵稍微瘦小一點的樹幾乎要被殘忍地攔腰折斷；路燈下，那棵高大的木棉樹已經狼狽不堪③，渾身上下光禿禿的，火紅的花朵落了一地。我不禁為木棉樹擔憂，它能熬過狂風怒號的夜晚嗎？

寫作小貼士
除了直接用成語描寫颱風的氣勢，還用成語刻畫風中的事物，可見風的強勁。

不久，滂沱大雨果然來了，在強風的魔法下，雨點化成了一顆顆威力無窮的子彈，粗暴地打在樹葉上、屋頂上、玻璃窗上、店舖的招牌上、行人的傘面上……似乎要把這世間的一切事物打得千瘡百孔④。風雨交加中，

寫作小貼士
運用暗喻及擬人，加上成語，形象地表現出狂風暴雨的威力。

「劈劈啪啪」的聲響不絕於耳，我不禁想：這要是打在皮膚上該多疼啊！大約凌晨兩時多，颱風和暴雨一起發出最強的呼叫，聽得人膽戰心驚⑤。不用想像，我也知道不遠處的海邊此刻一定是凶險萬分。不知有多少泊在海邊的小漁船被掀翻了？真希望這可怕的颱風趕快過去，我帶着這樣的期望，疲倦地進入了夢鄉。

第二天一大早起來，外面雖然還有風，但氣勢已經明顯地弱下去了。走出大廈，只見狂風暴雨後的街道上一片狼藉：道路淹了，樹木折了，電線杆歪了，廣告牌倒了，垃圾桶裏的垃圾全飛了……颱風真可怕呀！

釋詞
① 來勢洶洶：形容非常強勁的氣勢。
② 寥寥無幾：指數量非常少。
③ 狼狽不堪：形容困難的處境和受窘的樣子。

④ 千瘡百孔：形容損壞多，不完整。
⑤ 膽戰心驚：形容害怕到了極點。

成語訓練營

一 圖說成語

下面的圖片可以用哪個成語來形容？在橫線填上正確的答案。

| 狂風怒號 | 旭日東昇 | 滂沱大雨 | 雨過天晴 |

1.

_____

2.

_____

3.

_____

4.

_____

二 成語運用

句子中的劃線部分可用哪一個最適當的成語來代替？圈出代表答案的英文字母。

1.

我喜歡三月的<u>溫和微風及輕柔細雨</u>，桃紅柳綠，別有一番情趣呢！

A. 風雨交加　B. 狂風暴雨　C. 和風細雨

2.

哈哈，我想沒有人會喜歡<u>風像發怒一般號叫</u>的天氣吧！

A. 狂風怒號　B. 傾盆大雨　C. 晴天霹靂

3.

所以，從古至今，人們總是期待<u>水面沒風浪</u>呀！

A. 電閃雷鳴　B. 和風細雨　C. 風平浪靜

單元四　欣賞美景

富麗堂皇	金碧輝煌	古色古香	亭臺樓閣	因地制宜
雕樑畫棟	精雕細刻	曲徑通幽	別有洞天	世外桃源
錯落有致	引人入勝	賞心悅目	歎為觀止	

成語小學堂

富麗堂皇　fù lì táng huáng

小貼士：「皇」不能寫作「煌」。

【解釋】富麗：華麗；堂皇：盛大、雄偉。形容建築及陳設宏偉華麗，也形容詩文詞藻華麗。

【例句】1. 人們走進這富麗堂皇的教堂參觀，無不表示讚賞。
　　　　2. 他的說辭可謂富麗堂皇，卻掩蓋不了空虛的本質。

【近義】㊧金碧輝煌、㊧美輪美奐

【反義】㊧家徒四壁、㊧家貧如洗

金碧輝煌　jīn bì huī huáng

小貼士：「碧」不能寫作「壁」；「輝煌」不能寫作「揮皇」。

【解釋】金光璨璨，彩輝奪目。形容建築物裝飾華麗精緻，光彩奪目。

【例句】1. 金碧輝煌的宮殿展示了這個國家的強大。
　　　　2. 聖母教堂內部雕嵌精美，金碧輝煌，令人歎為觀止。

【近義】㊧富麗堂皇　　【反義】㊧黯然無光

辨析

「金碧輝煌」和「富麗堂皇」都形容建築物及其中陳設的華麗。但「富麗堂皇」偏重於氣勢盛大、樣子宏偉，並能形容文章華麗；「金碧輝煌」偏重於光彩奪目、色澤鮮豔，不能形容文章。

古色古香 gǔ sè gǔ xiāng 褒

【解釋】形容建築物、器物、書畫等富有古雅的色彩和情調。

【例句】1. 九龍竹園區內，現代摩天大樓和古色古香的黃大仙祠在建築風格上形成了鮮明的對比。

2. 古玩店內古色古香的字畫、香爐、玉器等把我們帶入了古老而遙遠的時空，帶給我們無限的遐想。

【近義】詞精巧古樸

【反義】詞現代風格

亭臺樓閣 tíng tái lóu gé

【解釋】泛指建造在園林庭院中供休憩及欣賞的建築。

【例句】1. 中國園林中，亭臺樓閣大多結構精巧古樸，造型奇特宏偉，極富情趣。

2. 無論是金碧輝煌的宮殿，還是一般的民居、亭臺樓閣，千百年來中國的工匠們創造出一個又一個建築奇跡。

【近義】成瓊樓玉宇、詞園林建築

因地制宜 yīn dì zhì yí 褒

【解釋】制：制定、規定；宜：適當。指根據各地的具體情況，採取適當的措施，制定適宜的辦法，也指建築物依地勢而建。

【典故】從前長安城西郊有一個名叫郭橐駝的人，他很擅長種樹。很多住在長安城的豪門富戶都爭相去請郭橐駝來家，在他們的園林中種植樹木。

當有人向郭橐駝詢問種樹心得時，他說自己只是因地制宜，順着樹木的天性，讓樹木自然生長，不妨礙它們正常生長。很多人由此悟出，治國也要順應民心、時勢而治，才可國泰民安。

後人以「因地制宜」形容按事情的實況執行對應措施。

（出處：柳宗元《種樹郭橐駝傳》）

【例句】1. 政府應充分利用香港優越的地理位置，因地制宜，完善規劃城市建築。

2. 考慮到當地全年少雨，農夫因地制宜，選擇了種植耐旱的農作物。

【近義】 成 因時制宜、成 隨機應變

【反義】 成 刻舟求劍、成 生搬硬套

雕樑畫棟 diāo liáng huà dòng

【解釋】 有雕刻及彩畫裝飾的建築物棟樑。形容建築物裝飾豪華。

【例句】
1. 圓明園是萬園之園，建築物雕樑畫棟、美輪美奐，堪稱人間仙境。
2. 沿街鋪面大多雕樑畫棟，窗框上雕刻了精美的圖案，做工精巧。

【近義】 ㊛雕欄玉砌、㊛瓊樓玉宇

【反義】 ㊛蓬門蓽戶

精雕細刻 jīng diāo xì kè

【解釋】 精心細緻地雕刻。形容創作藝術品或文學作品時的苦心刻畫，也比喻做事認真細緻。

【例句】
1. 這座古建築的一樑一柱都經過精雕細刻，活像一件龐大的藝術品。
2. 黃楊木質地堅韌，紋理細密，色澤黃亮，經精雕細刻後，可成為一件非常精美的藝術品。

【近義】 ㊛巧奪天工、㊛錯彩鏤金

【反義】 ㊛粗製濫造、㊛偷工減料

曲徑通幽 qū jìng tōng yōu

【解釋】曲徑：彎曲的小路；幽：深遠僻靜之處。指彎曲的小路可通到幽深僻靜、風景美麗的地方。通常形容園林建築曲折、幽深雅緻。

【例句】1. 島上的林蔭小道縱橫交錯，曲徑通幽，尤顯寧靜。
2. 曲徑通幽的路上，嶙峋的山石時而裸露，時而凹陷，時而半掩半現。

【近義】㉄世外桃源、㉄別有洞天

【反義】㊞平坦大路

別有洞天 bié yǒu dòng tiān

【解釋】洞中另有一個天地。形容風景奇特，引人入勝。

【例句】1. 洞中有奇形怪狀的鐘乳石筍和石柱，洞下更有無底洞、水池等景觀，可以說是別有洞天。
2. 這間餐廳裏的裝飾可謂別有洞天，不但天花板上有鐘乳石垂掛下來，而且牆上嵌滿貝殼化石，營造出別具一格的氛圍。

【近義】㉄世外桃源、㊞別有天地

世 外 桃 源

shì wài táo yuán

小貼士：「源」不能寫作「園」。

【解釋】世：人世間；桃源：桃花溪的發源處。原指幻想中一個與現實社會隔絕、生活安樂的理想境界。後也指環境幽靜、生活安逸的地方及美不勝收的景色。

【典故】晉朝著名詩人陶淵明因看不慣官場的鬥爭，毅然辭官歸隱，並創作了《桃花源記》。這部作品講述一個漁夫划船捕魚，但途中意外走進一個桃花源。那裏土地平坦、肥沃，男女老幼都過着安樂的生活。自從他們的祖先為逃避戰禍而來到桃花源，從此再也沒有人出過外面的世界。《桃花源記》構想了一個與世隔絕、沒有遭到禍亂的美好地方。後來人們把這種理想的世界稱為「世外桃源」。（出處：陶淵明《桃花源記》）

【例句】1. 這個港灣寂靜無聲，樹木環繞，簡直是個世外桃源。

2. 人們來到這裏就如同進入世外桃源一般，所有煩惱都會置於腦後。

【近義】㊌洞天福地、㊌極樂世界

【反義】㊌人間地獄、㊌禍亂臨頭

錯 落 有 致 cuò luò yǒu zhì 褒

【解釋】錯落：參差不齊；致：情趣。形容事物的布局雖然參差不齊，但卻極有情趣。

【例句】1. 山頂上的怪石、古樸的松樹，遠近錯落有致，極具欣賞性。

2. 寬闊的大街平整乾淨，宏偉的建築羣氣勢磅礴，錯落有致，引人注目。

【近義】㊑亂中有序、㊑別具一格

【反義】㊑井井有條、㊑雜亂無章

引 人 入 勝 yǐn rén rù shèng 褒

【解釋】勝：勝境、佳境。引人進入佳境。現多用來指風景或文藝作品特別吸引人。

【例句】1. 春天時的鄉村綠樹成蔭，鮮花遍野，雀鳥成羣，引人入勝。

2. 眼前海天一色，加上日落帶來霞光萬道，確是引人入勝的美景。

【近義】㊑美不勝收、㊑引人注目

賞 心 悅 目　shǎng xīn yuè mù 褒

【解釋】賞心：心情舒暢；悅目：看得舒服、愉快。指看到美好的景色或事物而心情愉快歡暢。

【例句】1. 那一盆茉莉在碧綠的葉子間綻放出小巧潔白的花朵，讓人賞心悅目。

2. 漢字博大精深，一橫、一豎、一撇、一捺構建出不同的形體，或工整方正，或龍飛鳳舞，賞心悅目，韻味十足。

【近義】成 心曠神怡、成 怡情悅性

【反義】成 觸目驚心、成 心驚肉跳

歎 為 觀 止　tàn wéi guān zhǐ

【解釋】歎：讚賞；觀止：看到了止境。看到這裏就夠了，不必再看別的。指所看到的事物好到極點。

【例句】1. 中國最大的石刻佛像——樂山大佛依山而建，總高度約七十米，令人歎為觀止。

2. 古埃及的金字塔宏偉壯觀，真是令人歎為觀止。

【近義】成 拍案叫絕、成 讚不絕口、成 交口稱譽

【反義】成 平淡無奇、成 貌不驚人

遊青松觀

今天，媽媽帶我去屯門青松觀欣賞盆景展覽。我們轉乘輕鐵至青松站下車，步行五分鐘後便來到了青松觀。

我們走到入口，只見高大的門坊上書寫着「道教青松觀」五個大字，前行不遠便看見主樓純陽殿。這座殿宇華麗精巧，富麗堂皇，飛檐斗拱，氣勢不凡。殿頂覆以黃色琉璃瓦，在陽光的映照下金光閃閃。它的四周分布着精心設計的亭臺樓閣、殿宇牌樓、中式園林、四合院和魚池等。殿宇依山而建，因地制宜，雕樑畫棟，金碧輝煌，極具中國傳統特色。這些建築羣與樹叢、園圃、花卉和盆栽相映成趣[1]。

寫作小貼士

「富麗堂皇」一詞形容殿宇的宏偉豪華，十分貼切。

寫作小貼士

運用一連串的成語使語言簡潔易懂，又形象地體現出道觀的特色。

媽媽告訴我，青松觀的「青松」二字，取自道教高人呂洞賓祖師的警言：「善似青松惡似花」，意思是要像青松一樣樸實無華；而「觀」就是道教中的廟宇。青松觀原本是一處供人避世修道的場所，現在已經成了香港的著名景點，每年四、五月期間，這裏都會舉行盆景展覽，展出數百盆悉心栽種的珍貴盆栽，並開放予公眾參觀。

古色古香的建築羣，錯落有致的蓮池樹石，別具一格[2]的古木盆栽，構築了一個別有洞天的世外桃源。觀內有青松翠柏，綠樹成蔭，曲徑通幽。如果不是親眼看見，我絕想不到在現代化的香港，還有這麼一處幽雅的地方。我們還參觀了觀內珍藏的瑰寶，有北京故宮博物院贈送的燈籠，文人雅士題寫的書畫、碑刻等，令人大開眼界。

寫作小貼士

運用排比句式，使文句顯得既有氣勢，又傳神地展現出道觀的風格。

釋詞
① 相映成趣：指事物互相襯托，顯得更有情趣。
② 別具一格：指事物本身另有一種風格。

小學生活用成語學堂

遊蘇州拙政園

蘇州園林非常有名，而拙政園堪稱其中的典範。農曆新年假期，我們一家去蘇州探訪姑媽，因而有幸去領略這座古典園林的風采。

跨過高高的門檻步入園林，首先映入眼簾的是一塊巨石。繞過巨石，眼前豁然開朗[1]，冬日的荷塘雖然一片蕭條，但絲毫不影響水的靈動。風一吹來，池水泛起陣陣漣漪，水中的五彩錦鯉聽聞人聲便爭先恐後地擠過來，格外熱鬧。舉目遠眺，古木參天[2]，古色古香的亭臺樓閣隱在其中，錯落有致，引人入勝。

寫作小貼士

連用一連串成語，勾勒出園林的遠景圖，給人無限的遐想。

園內曲徑通幽，我們沿着小徑來到正殿。殿內陳設一覽無餘：書桌上擺着文房四寶，展示架上還放有松樹、杜鵑、雲雀等精美的木雕。如此古樸雅緻，讓人賞心悅目。繞過大殿，經鵝卵石小路，我們來到了一個叫「梧竹幽居」的亭子。亭子四方的門都是圓的，就像農曆十五的圓月。

寫作小貼士

按照遊蹤描寫園林景色，使描寫具有條理性。

我實在不得不驚歎園林的細節之美。園內建築都別具匠心[3]，精雕細刻，繁複的雕花有蝙蝠、喜鵲、鴛鴦等，它們象徵着美好。就連普通的白牆上，也設計了造型別緻的花窗，如同鏡頭的取景框一樣，截取園中最美的景色。竹子、芭蕉、海棠等植物也被看似不經意地安置在某處，醞釀[4]出無限的詩意來，令人歎為觀止。

寫作小貼士

舉例說明園林的細節之美，具有說服力。

拙政園裏的景致，真是說也說不完，只等着人們去細細尋味。

釋詞

① 豁然開朗：形容開闊明亮。
② 古木參天：形容樹木像天空那麼高。
③ 別具匠心：另有一種巧妙的心意。
④ 醞釀：比喻做好準備、逐漸變化而成。

成語訓練營

一 成語判斷

下列哪些成語可以用來描述圖片中的景色？把適當的成語圈出來。

金碧輝煌	別有洞天	富麗堂皇
亭臺樓閣	歎為觀止	賞心悅目
古色古香	世外桃源	引人入勝

二 成語辨別

達偉和敏兒一起到了不同地方參觀，聽聽他們的評論，判斷他們誰能正確運用成語，把正確的成語圈起來。

1. 這座建築  ，四周都是金光閃閃的，非常豪華。

金碧輝煌　　古色古香

2. 當我們隨着一層層木台階爬到頂端，看着整個公園的景色，真

是讓人  啊！

歎為觀止　　精雕細刻

3. 落日的餘輝灑向水面，黑白相間的水鳥在沼澤快樂地覓食跳

躍，真是  、美不勝收！

引人入勝　　因地制宜

4. 走進公園，有如進了  一般，讓人流連忘返呢。

別有洞天　　世外桃源

單元五 花草樹木

含苞待放　　百花齊放　　花枝招展　　萬紫千紅　　爭妍鬥麗
繁花似錦　　花團錦簇　　鳥語花香　　奇花異卉　　綠草如茵
鬱鬱蔥蔥　　綠葉成蔭　　枝繁葉茂　　欣欣向榮

成語小學堂

含苞待放　hán bāo dài fàng

小貼士：「苞」不能寫作「包」。

【解釋】形容花朵將要盛開時的形態，也比喻將成年的少女。

【例句】1. 大地回春，樹上都長出了嫩綠的新芽，許多不知名
　　　　　的野花含苞待放……到處都顯露着旺盛的生命力。
　　　　2. 人的潛能就如同含苞待放的花蕾，只要綻放，就會
　　　　　吐露芬芳。

【近義】㊟豆蔻年華

【反義】㊟落英繽紛、㊟花殘葉落

百花齊放　bǎi huā qí fàng

【解釋】形容各種花朵一起盛放，繁華茂盛，也比喻各種不同形式和
風格的藝術或不同學派的思想自由發展。

【例句】1. 春天來了，百花齊放，正是到郊外賞花的好時機。
　　　　2. 美術展覽會上的作品各具風格，百花齊放。

【近義】㊟百家爭鳴、㊟繁花似錦

【反義】㊟孤芳自賞、㊟唯我獨尊

花枝招展 huā zhī zhāo zhǎn

【解釋】指花枝迎風擺動，婀娜多姿；後多形容女子打扮十分豔麗。

【典故】明代文學家馮夢龍寫了一部小說《醒世恆言》，當中有一篇〈喬太守亂點鴛鴦譜〉。文中寫道：「那女子的尖尖趫趫，鳳頭一對，露在湘裙之下，蓮步輕移，如花枝招颭一般」，形容纏小腳的女子走起路來體態婀娜多姿。「招颭」即「招展」，「花枝招展」就從這裏演變而來。（出處：馮夢龍《醒世恆言·喬太守亂點鴛鴦譜》）

【例句】1. 迎春花一到春天便花枝招展，綻放得格外燦爛。

2. 一羣花枝招展的姑娘有說有笑地向公園走來，有如一道美麗的風景。

【近義】㊲濃妝豔抹、㊲如花似錦、㊲姹紫嫣紅、㊲花團錦簇

【反義】㊐樸實大方

辨析

「花枝招展」和「濃妝豔抹」都可以形容女子打扮得十分豔麗，但「花枝招展」還形容花木的枝葉隨風搖擺，景致美好，「濃妝豔抹」則沒有此意思。

萬紫千紅 wàn zǐ qiān hóng

【解釋】形容百花盛開，多彩絢爛的景象。還可以用來比喻景象繁榮興旺，事物豐富多彩。

【例句】1. 漫步在花園裏，那萬紫千紅、五彩繽紛的春景，讓人賞心悅目。

2. 公園內數萬枝鬱金香競相綻放，萬紫千紅，把整個公園變成了花的海洋。

【近義】⑯姹紫嫣紅、⑯五彩繽紛

爭妍鬥麗 zhēng yán dòu lì

【解釋】競相表現豔麗的姿態。多用來形容花與女子。

【例句】1. 這座園林以花木繁茂著稱，裏面匯集了各種名花，爭妍鬥麗，尤以山茶、玉蘭最為有名。

2. 選美比賽的參加者穿着華衣美服在台上爭妍鬥麗，競相爭奪冠軍寶座。

【近義】⑲爭豔鬥芳、⑲百花爭豔

繁花似錦 fán huā sì jǐn 褒

【解釋】形容色彩繁多的鮮花，就像多彩繽紛的錦緞。

【例句】1. 這座海島繁花似錦，綠樹成蔭，風光十分秀麗。

2. 鄉間的春天繁花似錦，黃燦燦的油菜花、潔白的梨花、粉嫩的桃花……將田間裝扮得非常亮麗。

【近義】㊛花團錦簇、㊛萬紫千紅、㊛花紅柳綠

【反義】㊝殘枝敗柳

花團錦簇 huā tuán jǐn cù 褒

【解釋】色彩繽紛的花朵聚在一起。形容五彩繽紛，十分鮮豔的景象；後多用來形容紡織品或華麗高貴的服飾，也形容文章詞藻華麗。

【例句】1. 春天的三月，公園裏鳥語花香，花團錦簇，真是美不勝收！

2. 年宵花市內處處花團錦簇，吸引大批市民選購，十分熱鬧。

【近義】㊛繁花似錦、㊛萬紫千紅、㊛五彩繽紛

辨析

「花團錦簇」和「繁花似錦」都有花多、色彩豔麗的意思。但是「花團錦簇」側重於形容花多；「繁花似錦」除了形容花更多，更側重表示景象豔麗多彩，另外也可形容服飾。

鳥語花香 niǎo yǔ huā xiāng

【解釋】鳥兒在唱歌，悅耳動聽；花卉盛開，芳香撲鼻。形容美好的景象。

【例句】1. 春天的山野裏到處鳥語花香，充滿了生機。
2. 郊野公園裏空氣清新，水草豐盛，鳥語花香。

【近義】成桃紅柳綠、詞鶯啼燕語

奇花異卉 qí huā yì huì

【解釋】原指稀奇少見的花草，現也用來比喻美妙的文章作品。

【例句】1. 遊客們無不為各種珍禽異獸和奇花異卉所折服。
2. 在花墟裏，一些奇花異卉吸引了不少市民的注意。

【近義】成奇珍異寶

【反義】詞平淡無奇、詞野草閒花

綠 草 如 茵　lǜ cǎo rú yīn

【解釋】 茵：墊子或褥子。形容草十分茂盛，綠油油的，像毛毯和被褥一般柔軟。

【例句】 1. 綠草如茵的高爾夫球場上，正有幾個人在揮杆擊球。

2. 公園裏樹木參天，綠草如茵，花團錦簇，很多市民特意前來野餐。

【近義】 ㊿鬱鬱蔥蔥、㊏綠草處處

鬱 鬱 蔥 蔥　yù yù cōng cōng

小貼士：「鬱鬱蔥蔥」粵音「屈屈聰聰」。

【解釋】 鬱鬱：草木茂盛的樣子；蔥蔥：草木青翠欲滴的樣子。形容草木蒼翠茂盛，也形容氣勢美好蓬勃，生機勃勃的樣子。

【例句】 1. 這裏滿山遍野都是鬱鬱蔥蔥的蒼松翠柏，以及引人入勝的奇花異卉。

2. 這座城堡在島上鬱鬱蔥蔥的叢林中若隱若現。

【近義】 ㊿生機勃勃、㊿生機盎然

綠葉成蔭 lǜ yè chéng yīn

【解釋】指綠葉繁茂，覆蓋成蔭，也比喻女子青春已逝，兒女成羣。

【典故】據說唐朝時期，詩人杜牧在湖州遊覽時，遇見一個老婆婆帶着一個十二三歲的姑娘，那姑娘生得十分漂亮，使杜牧一見鍾情。杜牧於是向老婆婆下了聘禮，約定十年內娶那姑娘。

十四年後，杜牧出任湖州刺史。可惜的是當年一見鍾情的那個姑娘已經嫁人生子。杜牧感到十分遺憾，於是作了一首與花有關的詩，當中有兩句是這樣的：「狂風落盡深紅色，綠葉成陰子滿枝。」

「綠葉成蔭」由此演變而來，形容綠葉茂盛的樣子，也比喻已嫁作人妻，兒女成羣的女子。（出處：杜牧《悵詩》）

【例句】1. 樹林裏有很多比人還高的大樹，綠葉成蔭，給人涼爽的感覺。

2. 只見夾道的梧桐樹，枝葉交錯，綠葉成蔭，令人心曠神怡，悠然自得。

【近義】㊜枝繁葉茂、㊜綠茵蔽日

【反義】㊞草木凋零

枝 繁 葉 茂　zhī fán yè mào

【解釋】形容樹木的枝葉繁盛茂密，或比喻家族人丁興旺。

【例句】1. 這棵祖父多年前種下的桃樹，現已枝繁葉茂，結下
　　　　　很多果實。

　　　　2. 一百多年來，這個家族枝繁葉茂，名人輩出。

【近義】㊑生機勃勃、㊑鬱鬱蔥蔥

【反義】㊑死氣沉沉、㊑枯木朽株

欣 欣 向 榮　xīn xīn xiàng róng ㊙

【解釋】形容樹木長得茂盛，也比喻事業發展蓬勃。

【例句】1. 春天來了，花草樹木都生出了綠葉，到處呈現出一片
　　　　　欣欣向榮的景象。

　　　　2. 經過一番艱苦拚搏，爸爸的事業正欣欣向榮，令他大
　　　　　感安慰。

【近義】㊑枝繁葉茂、㊑朝氣蓬勃

【反義】㊑每況愈下、㊑死氣沉沉

簕杜鵑

簕杜鵑在南方是一種常見的植物，無論街頭巷尾，還是庭院陽台，都可見到它的身影。一年四季，簕杜鵑似乎總是綻開笑顏，將自己打扮得花枝招展，與百花爭妍鬥麗。可是你是否知道，我們看到的那「花」其實只是它的苞片而已？

寫作小貼士

通過成語將簕杜鵑擬人化，使文章顯得生動活潑。

簕杜鵑的葉子呈「心」形，它們總是成雙成對地出現在枝幹上，葉脈清晰可見。如果你注意觀察，可以發現這些心形葉片中間會生出嫩綠色的、有三片「花瓣」的「花骨朵」。隨着簕杜鵑的生長，這些「花骨朵」會越來越飽滿，並逐漸改變顏色，最終綻放出一簇簇「花朵」，形成「花團錦簇」的美麗景象。這些豔麗的「花朵」就是簕杜鵑的苞片，藏在苞片之中的小黃花才是真正的花朵。

寫作小貼士

這裏的「花團錦簇」為什麼要加引號呢？通過下文可知這裏是暗示這些並不是真正的花，而是苞片。

因為南方氣候溫暖，簕杜鵑幾乎全年都穿着鮮豔的衣裙，它們的衣裙萬紫千紅，有玫瑰紅色、紅色、粉紅色、深紫色、淺紫色、白色、黃色等，甚至有些衣裙上還嵌有金邊，灑有銀點。那簇擁在一起的一串串「花朵」，就像女孩子美麗的長髮上別着的蝴蝶結。風一吹起，似乎要從頭髮上飛起來。待到傍晚，那一樹的花在夕陽的映照下又化為了天邊絢麗的晚霞。

簕杜鵑的生命力強、花期長，所以深愛人們喜愛。陽台、街角、庭院……一簇簇、一團團的簕杜鵑，為人們創造了一個萬紫千紅、繁花似錦的美好世界，帶給人們無限的喜悅。

成語故事廊

美麗的銀杏樹

銀杏樹是一種深受人喜愛的樹，它美麗而珍貴，被譽為植物中的活化石。銀杏樹身材挺拔，樹形優美，葉子錯落有致，連邊緣都是有花式的，既像一把把小扇子，又像一個個美麗的貝殼，讓人一眼見到就難以忘記。

春回大地，萬物更生，百花齊放，處處鳥語花香。銀杏樹也穿上了一身綠裝，顯得生機勃勃，與樓房的紅磚白瓦相映成趣，儼然一幅引人入勝的風景畫！

寫作小貼士
運用一連串成語，一下子便能把人帶入美妙的春天。

夏天，成羣結隊的鳥兒飛到鬱鬱蔥蔥的樹上鳴叫，銀杏樹變得歡快起來，它張開巨大的「雨傘」，為孩子們提供陰涼的環境。夏日炎炎，沒有比坐在綠葉成蔭的樹下乘涼更愜意、更舒服的了。所以說，夏天的銀杏樹是人們的好朋友。

寫作小貼士
「鬱鬱蔥蔥」和「綠葉成蔭」是最能體現夏季樹木特點的成語，巧妙運用能使文章生色不少呢！

秋天來了，陣陣秋風將銀杏樹的葉子染成了鵝黃色。你可以看到樹枝上碩果纍纍，都是銀杏。最美的是當一陣風「呼」地吹過時，葉子就「嘩啦啦」地掉下來了，就像不計其數的蝴蝶在漫天飛舞。不一會兒，又都歸於沉寂，遠遠望去，彷彿為大地鋪上了一張金色的地毯，為秋天留下了一抹最美麗的色彩。

冬天，天寒地凍，皚皚白雪堆在樹枝上，為樹木添了一身白衣。站在樹下丟個雪球、堆個雪人，彷彿身在雪地遊樂場一樣，其樂無窮。

銀杏樹美麗而不張揚，難怪人們總是讚美它、喜愛它。

成語訓練營

一 圖說成語

下面的圖片可以用哪個成語來形容？在橫線填上正確的答案。

1.

_____

2.

_____

3.

_____

4.

_____

二 成語填充

選擇下列成語，填在橫線上。

> 枝繁葉茂　　含苞待放　　爭妍鬥麗

1. 湖面上的荷花有的 _____，有的已經盛開。

2. 花卉展覽上，各種花卉 _____，看得人眼花繚亂。

3. 一朵朵小米粒似的桂花，躲在 _____ 的桂花樹上，悄悄地吐露芬芳。

三 成語辨別

選出正確的成語，填在橫線上。

欣欣向榮　　百花齊放

1. 一到春天，到處是 ＿＿＿＿＿＿＿＿ 的景象，各種花都趕
着跟人們打招呼。

2. 春風送暖，公園裏一片 ＿＿＿＿＿＿＿＿ 的景象。

鬱鬱蔥蔥　　綠草如茵

3. 一棵 ＿＿＿＿＿＿＿＿ 的荔枝樹上，掛滿了沉甸甸的果實，
看得人口水直流。

4. 人們把這一片雜草叢生的荒地變成了 ＿＿＿＿＿＿＿＿ 的
草坪。

單元六　動物神態

小巧玲瓏　　龐然大物　　擠眉弄眼　　抓耳撓腮　　炯炯有神
四腳朝天　　活蹦亂跳　　眼明手快　　神氣活現　　大搖大擺
不動聲色　　優哉游哉　　慢條斯理　　旁若無人

成語小學堂

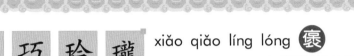

小巧玲瓏　xiǎo qiǎo líng lóng ㊤

小貼士：「玲」不能寫作「鈴」或「靈」。

【解釋】小巧：小而靈巧；玲瓏：精巧細緻。形容事物小而精緻。

【例句】1. 我一進門，小狗就湊過來，用牠小巧玲瓏的鼻子磨
　　　　　我的腿。
　　　　2. 這塊玉雕工細緻，小巧玲瓏，讓人愛不釋手。

【近義】㊤嬌小玲瓏

【反義】㊤龐然大物、㊤碩大無朋

龐然大物　páng rán dà wù

【解釋】龐然：龐大。形容體積巨大，很笨重的東西。

【例句】1. 在小蜜蜂的眼裏，一塊石頭就算得上龐然大物了。
　　　　2. 在數十億年前，有一片廣闊的大草原，那就是恐龍
　　　　　這羣龐然大物的家。

【近義】㊤碩大無朋

【反義】㊤小巧玲瓏、㊤嬌小玲瓏

擠眉弄眼 jǐ méi nòng yǎn

【解釋】擠眉：皺眉頭；弄眼：使眼色。形容擠眉毛和眨眼睛向別人示意。

【例句】 1. 小狗打呵欠時彷彿在向我擠眉弄眼，樣子有趣。

2. 趁老師轉身在黑板上書寫的時候，子明朝家輝擠眉弄眼，暗示下課後一起去玩。

【近義】 成指手劃腳、成眉來眼去

抓耳撓腮 zhuā ěr náo sāi

【解釋】撓：搔。抓抓耳朵，搔搔面頰。形容心裏焦急而無法可施的樣子，也形容一副尷尬的樣子。

【例句】 1. 小明今天不知怎麼了，整天抓耳撓腮。

2. 鈴聲響了，考試結束，可我還有兩道題目沒有做完，急得抓耳撓腮。

【近義】 成搓手頓腳、成心急火燎

【反義】 成從容不迫、詞鎮定自若

炯 炯 有 神　jiǒng jiǒng yǒu shén

【解釋】炯炯：明亮的樣子。形容人的眼睛發亮，精神飽滿。

【例句】1. 獅子眨着炯炯有神的眼睛，看着前方的獵物，準備隨時出擊。

2. 他的眼睛炯炯有神，透出如星辰般的光芒。

【近義】成目光炯炯、成目光如炬

【反義】成暗淡無光、成黯然神傷

辨析

「炯炯有神」和「目光炯炯」都形容眼睛明亮有神，有時可通用。但「炯炯有神」強調「有神」，多用於描寫眼睛、目光；「目光炯炯」則偏重明亮，陳述對象是人或動物。

四 腳 朝 天　sì jiǎo cháo tiān

【解釋】四腳：指四肢。形容仰面跌倒，也可形容動物死去。

【例句】1. 我回頭一看，竟然發現池中的烏龜四腳朝天，快要死了。

2. 小狗四腳朝天地躺在沙發背後，十分可愛。

【近義】成人仰馬翻

【反義】詞四肢着地

活 蹦 亂 跳　huó bèng luàn tiào

【解釋】活潑、歡樂，精力旺盛的樣子。

【例句】1. 媽媽在市場上買到這條鯉魚時，牠還是活蹦亂跳的。

2. 妹妹剛剛還有氣無力地喊着肚子痛，現在已經活蹦亂跳了。

【近義】 成歡蹦亂跳、成生龍活虎

【反義】 成垂頭喪氣、成沒精打采

眼 明 手 快　yǎn míng shǒu kuài 褒

【解釋】形容看得準確，動作敏捷。

【例句】1. 盤子在桌邊搖搖晃晃，轉眼便往下掉，幸好爸爸眼明手快，俯身一把接住。

2. 當兔子還在東張西望時，身後的獵豹已經眼明手快地將牠一把抓住。

【近義】 成手疾眼快、詞快手快腳

【反義】 成呆頭呆腦、成笨手笨腳

神氣活現 shén qì huó xiàn

【解釋】表現出像神的儀態，形容自以為了不起而顯示出得意和傲慢的樣子。

【例句】1. 動物園內的孔雀正神氣活現地展開牠的彩屏。

2. 大街上經常見到穿着各式衣服的小狗，牠們神氣活現的模樣讓人忍俊不禁。

【近義】⑱神氣十足、⑱妄自尊大

【反義】⑱奴顏卑膝、⑱自慚形穢

大搖大擺 dà yáo dà bǎi

【解釋】走路時身子搖搖擺擺，顯得挺神氣，滿不在乎。形容舉動無所顧忌、洋洋得意的樣子。

【例句】1. 大熊貓身子胖胖的，走起路來大搖大擺的，十分可愛。

2. 自從那人賺了一些錢後，便目空一切，走路也大搖大擺起來。

【近義】⑱神氣活現、⑱威風凜凜

【反義】⑱躡手躡腳、⑱如履薄冰

不動聲色 bú dòng shēng sè

【解釋】動：改變；聲：言談；色：臉色。形容在緊急情況下，說話、神態仍跟平時一樣，非常鎮靜。

【典故】韓愈是唐代著名文學家。他的學識豐富，曾任博士。當時的中書令許國公想送贈太尉韓公一塊碑銘，於是他請韓愈代為撰寫碑銘。韓愈在碑銘中描寫了太尉韓公做人處事的特點：與人保持距離，不會與人嬉戲，所以他只要稍有輕鬆笑語，大家都像得到賞賜一般；他在判案的時候也從不徇私，公正嚴明，依法論事，因此幾乎沒有人敢犯法。「不動聲色」這個成語由此演變而來，形容在緊急的情況下保持和平常一樣的神態，非常冷靜。

（出處：韓愈《司徒兼侍中中書令贈太尉許國公神道碑銘》）

【例句】1. 儘管敵機在上空盤旋，他還是不動聲色地籌劃着作戰方案。

2. 窗外雷聲大作，我家的小狗卻仍不動聲色地躺在地上睡覺。

【近義】⑰不露聲色、⑰泰然自若、⑰無動於衷

【反義】⑰手足無措、⑰驚慌失措

優哉游哉

yōu zāi yóu zāi

小貼士：另有一寫法作「優哉悠哉」。

【解釋】優、游：悠閒自得；哉：古漢語感歎詞。形容從容不迫、悠閒自在的樣子。

【例句】1. 你看那熊貓懶洋洋地睡覺，優哉游哉的生活真寫意啊！
2. 考試馬上就要開始了，你還在這裏優哉游哉地走，快點啦！

【近義】㊀逍遙自在、㊀悠閒自在、㊀悠然自得

【反義】㊀疲於奔命、㊀心力交瘁

慢條斯理

màn tiáo sī lǐ

【解釋】原指說話做事有條有理，不慌不忙。現在也形容說話、做事速度緩慢。

【例句】1. 正當那羣馬在快速向前奔馳時，就只有這一隻老馬慢條斯理地在隊伍的後方走着。
2. 媽媽坐在窗邊，端起紅茶，慢條斯理地品嘗，這是一天中她最休閒的時光了。

【近義】㊀從容不迫、㊀不慌不忙

【反義】㊀風風火火、㊀手忙腳亂、㊀慌慌張張

辨析

「慢條斯理」和「從容不迫」都有不慌不忙的意思，但「從容不迫」側重態度冷靜，一般用於驚險緊張的場面；而「慢條斯理」則偏重說話或做事動作緩慢，用於一般的狀態。

旁若無人 páng ruò wú rén

【解釋】身邊好像沒有人。形容做事時毫無顧忌，態度自然；也形容人態度傲慢，不把別人放在眼裏。

【典故】戰國後期，衞國人荊軻到處游説六國抗秦，在燕國結識了樂師高漸離，他們志趣相投，常在一起喝酒、唱歌，唱到高興時，時而狂笑，時而痛苦，好像世界上只有他們兩人，旁邊的人都不存在似的。後人就以「旁若無人」形容做事時毫無顧忌，彷彿四周無人的情境。（出處：司馬遷《史記·刺客列傳》）

【例句】1. 他旁若無人地在圖書館內大聲講電話，令大家非常不滿。

　　　　2. 十幾隻小鴨子跟在鴨媽媽身後旁若無人地穿過馬路。

【近義】 ⑱目中無人、⑱目空一切

【反義】 ⑱虛懷若谷、⑱謙虛謹慎

動物園之旅

今天爸爸媽媽要帶我去動物園玩，我開心極了。

我們進入動物園。沿林蔭路往左轉，我們到達第一個主題區。只見一隻隻猴子活蹦亂跳地在假山、樹木間來回穿梭，牠們旁若無人地玩耍，都不怕人。有幾隻膽大的猴子，會直接湊到護欄邊，伸手問遊客拿食物。其中一隻猴子對我一陣擠眉弄眼，盡力討好，可我偏不把手裏的香蕉遞過去，急得牠抓耳撓腮。可沒想到牠竟突然跳起來一把抓走我的帽子跑回假山上，然後神氣活現地回頭看我，真讓人哭笑不得。我

寫作小貼士

運用成語描寫了小猴的動作和神態，刻畫出小猴調皮可愛的形象。

想用手裏的香蕉換回帽子，可才剛伸手出去，香蕉就被另一隻眼明手快的猴子搶走了。哎，好吧，帽子送給你了。

出了猴子的主題區，我們一路向前，沿途又觀看了鴕鳥、鹿、河馬等動物，當熊貓館的指示牌出現時，我立刻高興得跳了起來，因為館區內有足足十隻大熊貓！我迫不及待地進入了館內，非常幸運，此時呆頭呆腦的大熊貓們還沒有休息，牠們或在玩耍，或在進食。看，左邊這隻大熊貓正朝牠的「私人泳池」走去，看牠笨手笨腳的，我恨不得越過玻璃窗幫牠一把；右邊那隻正在啃竹子，牠懶洋洋地坐在地上，用雙臂將竹子夾在懷中，然後歪着圓乎乎的大腦袋，左一下右一下，扒開竹子的韌皮，吃到裏面最鮮嫩的部分。吃飽以後還不忘慢條斯理地用那肥肥的爪子擦嘴呢。

寫作小貼士

「慢條斯理」寫出了熊貓的呆頭呆腦。

從熊貓館出來已經是下午兩時了，我們還有很多地方未遊覽，下次我一定還要再來這裏，探望今次沒有遇見的動物。

成語故事廊

我家的鸚鵡

我家有兩隻漂亮的虎皮鸚鵡，一雌一雄，牠們是我和爺爺去年買回來的。兩隻小鸚鵡個頭小巧玲瓏，圓腦袋，彎嘴巴，非常可愛。雄鳥身披水藍色羽毛，雌鳥則穿着綠衣裳，牠們的背部及翅膀上的羽毛都布有棕褐色的條紋。兩個小傢伙每天活蹦亂跳，晴天的時候，愛依偎在一起互相梳理羽毛，還不時唱幾曲歡樂的歌；心情好的時候，還會用小爪子抓住籠子上方，表演倒掛金鈎。

寫作小貼士

用成語總體概括兩隻鸚鵡的外貌和性格，描繪生動，再加上具體細節的描寫，使讀者對牠們的認知更清晰。

平時我最愛幹的事情就是餵牠們吃東西。我把小米倒進牠們的食物盒裏，兩個小傢伙會伸頭縮頸，用炯炯有神的小眼珠打量我。

寫作小貼士

運用成語描寫鸚鵡的神態和動作，活靈活現。

等我的手撤回來，牠們就立刻跳到食物盒前啄食小米，吃完了還不忘喝幾口清水，撲撲翅膀。吃飽喝足後，牠們顯得愈發精神了。一次，我把一小塊橙放進食物盒裏。剛開始，面對陌生的食物，牠們顯得有些害怕，可在好奇心的驅使下，雌鸚鵡還是用嘴啄了一小口。或許是牠覺得味道不錯，便狼吞虎嚥地吃起來，吃完了就用可憐巴巴的眼神看着我。這時，雄鸚鵡反應過來了，牠似乎對自己沒有品嘗到新鮮美食深表不滿，一邊發出急不可耐[1]的叫聲，一邊在籠子裏上躥下跳[2]，那氣急敗壞[3]的樣子真把我逗樂了。我一連將好幾塊橙放進牠們的食物盒裏，牠們也毫不客氣，大吃起來。

一年時光已經過去，我和我家的小鸚鵡已經培養了獨有的默契。我愛牠們，也感謝牠們給我的生活帶來了無窮的樂趣。

釋詞

[1] 急不可耐：形容焦急得無法再等待。
[2] 上躥下跳：形容上下不停跳動。
[3] 氣急敗壞：形容焦急得上氣不接下氣，非常狼狽的樣子。

成語訓練營

一 成語辨別

圈出正確的字來組成成語。

1. （ 漫／慢 ）條斯理

2. （ 旁／傍 ）若無人

二 成語運用

句子中的劃線部分可用哪一個最適當的成語來代替？在橫線上填上正確答案。

> 祖母，你知道嗎？我們家又添了一位新成員。牠是一隻 1. 活潑、精力旺盛的小倉鼠。牠有一對黑葡萄似的小眼睛 2. 非常明亮，很有精神。至於體形，稱得上 3. 小而精緻，茶杯都可以是牠的遊樂場。可愛極了！

> 好，有空我一定去你家看看這個可愛的小傢伙。

成語：1. ＿＿＿＿＿＿＿＿　　2. ＿＿＿＿＿＿＿＿

　　　 3. ＿＿＿＿＿＿＿＿

二 成語填充

電視裏正在播放獅子捕獵的場面，精彩的旁白為畫面增添了緊張的氣氛。選擇下列成語，填在橫線上。

> 龐然大物　　優哉游哉　　不動聲色

　　大草原上，兩頭雌獅正 1. ＿＿＿＿＿＿＿＿＿ 地潛伏在草叢裏，目不轉睛地盯着前方的羚羊羣。牠們已鎖定了目標，那是一隻警覺性稍弱的年輕羚羊。此時牠正在離隊伍稍遠的地方 2. ＿＿＿＿＿＿＿＿＿ 地吃草。獅子們盡量壓低身體悄悄地朝羚羊靠近，然後幾乎同時加速朝獵物發起進攻，使羚羊們四處逃竄。但獅子們只專注於一個目標，很快便將牠團團圍住。這隻年輕的羚羊並沒有立即就範，牠拚命地想逃出這羣 3. ＿＿＿＿＿＿＿＿＿ 的包圍圈，但一連嘗試了好幾次，也不成功，最終無奈地成為了獅子們的美食。

單元七　面對困難

心急如焚　　手忙腳亂　　驚惶失措　　心慌意亂　　坐立不安
如坐針氈　　寢食不安　　膽戰心驚　　不知所措　　無能為力
無計可施　　走投無路　　迫不得已　　愛莫能助

成語小學堂

心 急 如 焚　xīn jí rú fén

【解釋】焚：燒。心裏急得像火燒着了。形容心情十分焦急。

【例句】1. 距離考試的時間越來越近，可是還有很多課文沒有複
習，這真讓我心急如焚。
2. 哥哥比賽受傷的消息讓媽媽心急如焚。

【近義】⟨成⟩心急火燎、⟨成⟩心亂如麻

【反義】⟨成⟩不慌不忙、⟨成⟩從容不迫

手 忙 腳 亂　shǒu máng jiǎo luàn

【解釋】形容做事慌張忙亂，沒有條理。

【例句】1. 爸爸在廚房手忙腳亂地給我們煮麵，真讓人擔心。
2. 看他手忙腳亂的樣子，一定是很緊張。

【近義】⟨成⟩七手八腳、⟨成⟩手足無措

【反義】⟨成⟩從容不迫、⟨成⟩有條不紊

驚惶失措 jīng huáng shī cuò 貶

小貼士：「惶」不能寫作「煌」。

【解釋】驚惶：驚慌；失措：舉止失去常態。形容驚慌惶恐得不知如何是好。

【例句】1. 驚惶失措的人們急忙從火災現場逃出來。
2. 突然爆掉的氣球讓小表妹驚惶失措。

【近義】 ㊥手足無措、㊥驚恐萬狀

【反義】 ㊥鎮定自若、㊥從容不迫

心慌意亂 xīn huāng yì luàn 貶

【解釋】形容心裏慌亂，沒有主意。

【例句】1. 公布成績的時候我心慌意亂，很怕自己考得不好。
2. 音樂突然加快，讓眾多遊戲參與者感到心慌意亂。

【近義】 ㊥心煩意亂、㊥心神不寧、㊥心亂如麻

【反義】 ㊥心曠神怡、㊥從容不迫

辨析

「心慌意亂」和「心煩意亂」都有心緒雜亂的意思，但「心慌意亂」側重在驚慌忙亂，沒有主意；「心煩意亂」側重在心情煩躁、苦悶、焦慮，亂了思緒。

坐 立 不 安 zuò lì bù ān

【解釋】坐着也不是，站着也不是。形容心情緊張、煩躁，情緒不安。

【例句】1. 對方突如其來的一句話讓她坐立不安，非常難堪。
2. 手術室外，家屬坐立不安，一直走來走去。

【近義】㈤如坐針氈、㈤坐卧不寧

【反義】㈤心安理得、㈤問心無愧、㈤泰然自若

辨析

「坐立不安」與「坐卧不寧」有別：「坐立不安」多用在口語裏，「坐卧不寧」多用在書面語裏。

如 坐 針 氈 rú zuò zhēn zhān

【解釋】像坐在插着針的氈子上。形容心神不寧。

【例句】1. 貪玩的弟弟上課時總是如坐針氈，根本靜不下心來好好聽課。
2. 他焦急地等待檢驗結果，如坐針氈。

【近義】㈤憂心忡忡、㈤如坐愁城、㈤坐立不安

【反義】㈤泰然自若、㈤心安理得

辨析

「如坐針氈」和「坐立不安」都形容心神不寧，但「如坐針氈」含有比喻，比直接描述的「坐立不安」更生動。

寢食不安 qǐn shí bù ān 貶

【解釋】睡不好覺，吃不好飯。「寢食不安」形容十分憂慮、擔心的樣子。

【例句】1. 正在等待公開考試成績公布的<u>小明</u>寢食不安，常擔憂自己成績未如理想。

2. 在哥哥到海外交流的半年間，媽媽經常寢食不安，時常掛念着哥哥。

【近義】 成食不甘味、成心神不寧

【反義】 成高枕無憂、成心安理得

膽戰心驚 dǎn zhàn xīn jīng

【解釋】戰：發抖。心和膽都緊張得發抖，形容害怕到了極點。

【例句】1. 站在陡峭的懸崖邊向下望，令人膽戰心驚。

2. 在海裏游泳的時候，還有什麼比遇上鯊魚更令人膽戰心驚的呢？

【近義】 成不寒而慄、成毛骨悚然、成心驚肉跳

【反義】 成處之泰然、成泰然自若、成若無其事

不 知 所 措 bù zhī suǒ cuò

【解釋】措：安置、處理。指不知道怎麼辦才好，也形容受窘或發慌的狀態。

【典故】三國時期，諸葛恪獲孫權封為太子太傅，負責教導太子讀書，又獲委任為大將軍。

後來，諸葛恪不滿意太子孫和，在孫權死後便立即廢掉太子，另立十歲的孫亮為皇帝。當時孫亮年紀很小，朝政都由諸葛恪主理。因此，諸葛恪十分得意洋洋，在寫給弟弟的信中表示：「哀喜交並，不知所措。」後來人們以「不知所措」形容不知如何是好的尷尬情況。（出處：陳壽《三國志·吳書·諸葛恪傳》）

【例句】1. 面對自己闖下的禍，他嚇壞了，站在原地不知所措。

2. 因為找不到媽媽，小朋友不知所措地坐在地上哭了起來。

【近義】㊿手足無措、㊿驚慌失措

【反義】㊿從容不迫、㊿不動聲色、㊿應付自如、㊿胸有成竹

無 能 為 力　wú néng wéi lì 貶

小貼士：「為」粵音「圍」。

【解釋】用不上力量，幫不上忙，指沒有能力、力量薄弱或力不能及。常用於推辭，表示沒有能力去做好某件事或解決某個問題。

【例句】1. 在很多自然災害面前，人類都顯得無能為力。

2. 很多事情沒有嘗試過，怎麼斷定自己無能為力呢？

【近義】成 力不從心、成 無計可施

【反義】成 得心應手、成 力所能及

無 計 可 施　wú jì kě shī 貶

【解釋】施：施展。指沒有什麼計謀可以施展，一點辦法也沒有。

【例句】1. 球隊在賽場上的比分一直落後，球隊教練也無計可施。

2. 一次考試失敗並不意味着無計可施，只要多努力，成績還是可以進步的。

【近義】成 無能為力、成 束手無策、成 走投無路、成 一籌莫展

【反義】成 得心應手、成 一帆風順

辨析

　　「無計可施」和「無能為力」都有沒法完成某件事的意思。但「無能為力」偏重在施展不出力量或者用不上力量，而「無計可施」則偏重於想不出辦法。

走 投 無 路

zǒu tóu wú lù

小貼士：「投」不能寫作「頭」。

【解釋】投：投奔。指陷入絕境，不知投奔哪一個方向，沒有出路。

【例句】1. 他因患重病而無法工作，走投無路下只好向親友借錢
　　　　　度日。

　　　　2. 即使是在走投無路的時候，都不能放棄任何希望。

【近義】㊞窮途末路、㊞山窮水盡、㊞束手無策

【反義】㊞絕處逢生、㊞轉危為安、㊞轉禍為福

迫 不 得 已

pò bù dé yǐ

小貼士：「已」不能寫作「己」。

【解釋】迫：逼迫。指出於逼迫，沒有辦法，無可奈何，不得不這樣
　　　　做。

【例句】1. 如果不是迫不得已，誰會在大熱天去搬家啊？

　　　　2. 別看他久居海外，除非是迫不得已，一般他都會堅持
　　　　　說廣東話。

【近義】㊞無可奈何、㊞萬不得已

【反義】㊞心甘情願、㊞理所當然

愛莫能助

ài mò néng zhù

小貼士:「莫」不能寫作「漠」。

【解釋】 愛:愛惜;莫:不。雖心裏關切同情,卻沒有力量幫助。也即「心有餘而力不足」。

【典故】 周宣王時期,齊國人發起暴動,殺了暴君齊屬公,燒掉整個都城。周宣王派仲山甫率部隊前往齊國平息戰亂。儘管仲山甫十分同情發起暴動的人們,但他們的行為確是大逆不道,仲山甫決定此行必須速戰速決。親友們都來送別準備前往齊國的仲山甫。仲山甫的好友尹吉甫就寫了詩歌稱頌他:「德行就如羽毛般輕,但卻很少人能夠舉起它。真正可以舉起它的就只有仲山甫。我們都愛莫能助。」後人就以「愛莫能助」形容有心幫助但卻辦不到的情況。(出處:《詩經·大雅·烝民》)

【例句】
1. 爸爸也想幫弟弟的忙,可是卻愛莫能助。
2. 看到爸爸每天辛勤地上班,我雖然很想幫他,卻愛莫能助。

【近義】 成無能為力、成力不從心　　**【反義】** 成鼎力相助

成語故事廊

毛毛蟲的救援

　　經歷了四次蛻皮的毛毛蟲終於累了，他決定放自己一個長假。於是，他把自己關在家中，躺在牀上，很快進入了夢鄉。

　　迷迷糊糊中，毛毛蟲被一陣喧鬧聲吵醒。「毛毛！快醒醒呀！你的家被風吹到河水中去了！」毛毛趕緊張開眼睛，果然自己把它當做家的樹葉不知什麼時候被風吹到小河中，還漂得越來越遠，毛毛嚇得不知所措。這時，小蜻蜓迅速飛向水面，將自己的尾巴放低。「快，抓住我的尾巴！」可是水面的波浪太大，小蜻蜓總是無法接近毛毛。驚惶失措的毛毛大叫：「誰來救救我呀？」岸邊的螞蟻聽到了，與同伴搬來了長長的樹枝，試圖攔住在水中急速漂流的樹

寫作小貼士

「不知所措」和「驚惶失措」將毛毛的緊張及害怕心理巧妙地刻畫了出來。

葉，可是徒勞無功。半空中的小黃鶯心急如焚地大叫：「快想想辦法吧！」可是大家都愛莫能助。走投無路的毛毛急得哭

寫作小貼士

成語的恰當運用，形象地刻畫出形勢的緊迫。

了起來。「如果我有雀鳥的翅膀就好了！」毛毛的話提醒了小黃鶯，她仔細看了看毛毛，大叫道：「毛毛，你在水中照一下吧，看看你背上有什麼？」毛毛匆匆看了一下水面，「落葉上的分明是一隻蝴蝶啊！」毛毛欣喜若狂地叫起來。

　　「毛毛，你已經蛻變成一隻蝴蝶了，展開你的翅膀，離開這可怕的水面吧！」大家都在為毛毛吶喊。這時，毛毛再也不害怕湍急的流水，只見他抖了抖後背的翅膀，用力向上一躍，終於如願以償[1]，離開了水面，很快地向空中飛去……

---

① 如願以償：按所希望的那樣得到滿足，指願望實現。

成語故事廊

麻雀媽媽救子記

　　路旁的梧桐樹上有一個鳥窩，窩裏住着麻雀媽媽和她的孩子們。孩子們每天張開嫩黃的小嘴「嘰嘰喳喳」地叫着「我餓，我餓！」，因此麻雀媽媽每天都要不停地出去捉蟲餵給孩子們吃。

　　這一天，風很大，吹得樹葉嘩啦作響，麻雀媽媽叼着蟲子急急忙忙往家趕。突然，她聽到一陣熟悉的叫聲，往下一看，竟嚇了一跳：一隻麻雀寶寶不知什麼時候從窩裏掉到地上，驚惶失措地拍打着小翅膀，可是他根本不會飛啊！

寫作小貼士

想表現緊要關頭時人物的心情，沒有比成語更精練和準確的文字了。

　　麻雀媽媽正要飛下去，卻見孩子前面走來一隻兇巴巴的獵狗，貪婪地盯着他！麻雀媽媽心急如焚：「天哪，這可怎麼辦？……」

　　眼見獵狗慢慢地走近麻雀寶寶，嗅了嗅，張開大嘴，露出鋒利的牙齒。「不行，我不能任由孩子獨自面對危險和死亡！」彷彿有一股強大的力量，使麻雀媽媽像飛箭一般迅速撲向地面，擋在自己孩子的前面。她膽戰心驚地豎起全身的羽毛，聲嘶力竭地向獵狗大叫，希望可以將他嚇退。這時，她聽見身後孩子害怕的聲音：「媽媽，你快走吧！要不然獵狗會連你一起吃掉的！」麻雀媽媽鼓起所有的勇氣，大聲說：「孩子，不用怕！有媽媽在，我決不會讓這條獵狗傷害你！」

　　麻雀媽媽用身體掩護着孩子，緊張得渾身發抖，連聲音也變得嘶啞。此時，她已無計可施，只能呆立着不動，隨時準備一場生死之戰。獵狗沒有被她的氣勢嚇退，反而向她走近了一步，嘴裏發出「嗚嗚……嗚嗚……」的聲音。

　　就在獵狗準備向前撲過去的時候，他的主人突然走來，喝止了他，獵狗迫不得已跟着主人離開了這裏。麻雀媽媽終於保住了她的孩子。

成語訓練營

一 圖說成語

下面人物的情況分別可以用哪幾個成語來描述？在圖下的方框內填上代表答案的英文字母，答案可多於一個。

> A. 坐立不安　　B. 如坐針氈　　C. 手忙腳亂　　D. 膽戰心驚

1.

2.

3.

4.

成語運用

句子中的劃線部分可用哪一個最適當的成語來代替？在橫線上填上
正確答案。

例：

你這幾天吃也吃不好，睡也睡
不好，現在比賽結束，可以好
好休息一下了！

成語：　　寢食不安

是啊，這幾天我一想到比賽就心裏慌亂，沒有主
意，要強迫自己平靜下來。

成語：1. _____

不錯，下棋需要投入與專注。我看有的人下棋
好像坐也不是，站也不是，怎能下得好呢？

成語：2. _____

是啊，下棋一定要靜下心來，否則走不了多久就
會沒有出路。

成語：3. _____

單元八 文化藝術

洋洋大觀	形形色色	望塵莫及	包羅萬象	應有盡有
眼花繚亂	目不暇給	不計其數	一氣呵成	龍飛鳳舞
出神入化	妙趣橫生	扣人心弦	五花八門	

成語小學堂

洋洋大觀 yáng yáng dà guān

【解釋】形容數量和種類多，十分豐富而可觀。

【例句】1. 這裏有各種風格的畫作，洋洋大觀，令人大開眼界。
2. 花卉展覽上展出了多個花種，洋洋大觀，十分豐富。

【近義】㊕形形色色、㊕林林總總

【反義】㊕一成不變、㊕千篇一律、㊕一式一樣

形形色色 xíng xíng sè sè

【解釋】形容事物類別很多，各種各樣的都有。

【例句】1. 圖書館有形形色色的課外書，是一個知識寶庫呢！
2. 社會上有形形色色的職業，可讓我們各展所長。

【近義】㊕五花八門、㊕應有盡有

【反義】㊕千篇一律、㊕如出一轍

望塵莫及  wàng chén mò jí

【解釋】莫：不；及：趕上。望見前面騎馬的人走過揚起的塵土，但不能趕上。比喻遠遠落在後面。

【典故】東漢時，曹暠經太守趙咨推舉而當上官員。有一天，趙咨經過滎陽，曹暠特意在路旁迎候他。可是趙咨卻未有停下來與曹暠相聚，一直騎着馬向前走，曹暠就一直在後面希望追上趙咨，但只能在趙咨後方看着他騎馬走過所揚起的塵土，怎麼也追不上。後人就以「望塵莫及」比喻落後於他人，無法追上的情況。（出處：范曄《後漢書·趙咨傳》）

【例句】1. 商代銅器鑄造技術之高明，就連當今的科技也望塵莫及。

2. 他的出色表現讓其他參賽者望塵莫及，本次大賽的冠軍非他莫屬。

【近義】⑩不可企及、⑩瞠乎其後、⑩望洋興嘆

【反義】⑩迎頭趕上、⑩望其項背

包羅萬象 bāo luó wàn xiàng 褒

【解釋】羅：捕鳥的網，張網捕捉；包羅：網羅、包括；象：形狀、樣子；萬象：宇宙間一切景象。形容內容豐富、無所不包。

【例句】1. 這本百科全書介紹了很多知識，算得上是包羅萬象。
2. 圖書館裏的書種類繁多，什麼類別的都有，真是包羅萬象。

【近義】㈱無所不包、㈱包羅萬有

【反義】㈱空洞無物

應有盡有 yīng yǒu jìn yǒu 褒

【解釋】應該有的都有了。形容一切齊全。

【例句】1. 這家美術用品店賣的畫具應有盡有，十分齊備。
2. 嘉年華會熱鬧非凡，各種遊戲和美食都應有盡有。

【近義】㈱一應俱全、㈱無所不有

【反義】㈱一無所有、㈱空空如也

眼 花 繚 亂

yǎn huā liáo luàn

小貼士：「繚」不能寫作「瞭」。

【解釋】繚亂：紛亂。看着繁多的色彩而眼睛發花，複雜紛繁的東西使人感到迷亂。也比喻事物複雜，無法辨清，使人感到迷亂或困惑。

【例句】1. 一到節日，大街上五顏六色的燈飾令人眼花繚亂。
2. 皇宮內的壁畫色彩繽紛，又繪有多個人物，讓人眼花繚亂。

【近義】㈠目不暇給、㈠撲朔迷離

【反義】㈠眼明心亮

目 不 暇 給

mù bù xiá jǐ

【解釋】暇：閒暇；給：供給。指可看的東西太多或景物變化太快，眼睛都看不過來。

【例句】1. 展覽館裏的各種工藝品種類繁多，令人目不暇給。
2. 維多利亞港上空的煙花燦爛綻放，令遊客目不暇給。

【近義】㈠眼花繚亂、㈠應接不暇

不計其數 bú jì qí shù

【解釋】沒法計算數目。形容某種事物數量眾多。

【典故】東漢獻帝建安五年，曹操與袁紹在官渡對峙，雙方軍隊爭持不下，曹操的部將多認為袁軍強大，難以抵擋。但曹操卻根據他對袁紹的了解，認為袁紹志大才疏，膽量也不足，而且為人固執和倔強。因此，袁紹雖然兵多，他卻未能好好指揮軍隊。於是，曹操集中兵力，緊守要塞，並親自上陣，率領部下連夜追殺。結果，袁紹軍隊死傷無數，投降者不計其數。最終，曹操以弱勝強，打敗了袁紹。

後人以「不計其數」形容事物數量多得數不清。

【例句】1. 每年的九月，不計其數的海龜會到海灘上產卵。
2. 我們在養蜂場內見到不計其數的蜜蜂飛來飛去，忙着採蜜。

【近義】⑱不可勝數、⑱數不勝數

【反義】⑱寥寥無幾、⑱屈指可數

一氣呵成　yī qì hē chéng

【解釋】呵：呵氣。指一口氣做成。形容文章結構緊湊，文氣連貫流暢；也比喻做一件事情時安排緊湊，迅速而不間斷地完成。

【例句】1. 祖父揮着毛筆，一氣呵成寫了四個大字：「步步高陞」。

2. 跑步時，最好一氣呵成，跑到終點後才休息，不然又停又跑只會讓人更累。

【近義】㊛一鼓作氣、㊛勢如破竹

【反義】㊛一波三折、㊠斷斷續續

龍飛鳳舞　lóng fēi fèng wǔ

【解釋】形容山勢的蜿蜒雄壯、氣勢奔放，後也形容書法筆勢有力，活潑酣暢，或過於潦草。

【例句】1. 眼前連綿起伏的山有如龍飛鳳舞，氣勢雄壯。

2. 這位年輕書法家的作品精湛優美，龍飛鳳舞，吸引不少人停下來觀看。

【近義】㊛筆走飛龍、㊛矯若游龍、㊛龍蛇飛動

出 神 入 化 chū shén rù huà 褒

【解釋】神、化：指神妙、極其高超的境界。形容文學藝術達到極高的成就，或技藝進入神妙的境界。

【例句】1. 魔術師出神入化的表演令在場的所有觀眾驚歎不已。
2. 這位作者在文章中描寫人物的心理，簡直到了出神入化的地步。

【近義】㊉鬼斧神工、㊉神乎其技

【反義】㊉粗俗不堪、㊉粗製濫造

妙 趣 橫 生 miào qù héng shēng 褒

【解釋】橫生：層層展現、橫溢而出。形容人的談吐、詩文、表演藝術等充滿美妙的意趣，富有情趣。

【例句】1. 志文的話劇表演妙趣橫生，逗得同學哈哈大笑。
2. 這本成語故事書把故事講得妙趣橫生，令我愛不釋手。

【近義】㊉妙不可言

【反義】㊉味同嚼蠟

扣人心弦 kòu rén xīn xián 褒

【解釋】扣：敲擊。指撥動了人的心弦，形容使人非常激動，也形容牽動人的心。

【例句】1. 比賽還緊張地進行着，球員每一次進攻都扣人心弦。

2. 雖然老師只跟同學們說了幾句話，但句句扣人心弦，令人深思。

【近義】成動人心弦、成震撼人心、成激動人心

【反義】成索然無味、成無動於衷

五花八門 wǔ huā bā mén

【解釋】原指五行陣和八門陣（古代兩種戰術變化很多的陣勢），現今用來比喻變化多端或花樣繁多。

【例句】1. 雖然展館內的都是水彩畫，但內容五花八門，每幅都非常獨特。

2. 開業不到半個月，五花八門的麻煩問題接踵而來，弄得老闆手忙腳亂。

【近義】成五光十色、成形形色色、詞多種多樣

【反義】成一成不變、成千篇一律

辨析

「五花八門」和「五光十色」都有花樣繁多的意思，但「五花八門」多形容繁複的事情，偏重門類繁多；而「五光十色」多形容豔麗的事物，多偏重色澤的繁多。

參觀書畫展

今天陽光明媚，媽媽帶我和姊姊去香港藝術館參觀書畫展。這還是我第一次參觀書畫展呢，心裏當然十分高興。

走進展館，我抬頭一看，只見眼前到處是形形色色的藝術畫：童畫、國畫、水彩畫、素描等各種作品應有盡有。最令我感興趣的是一幅名叫《小花貓》的畫。畫家是一位十三歲的大姊姊。畫中兩隻可愛的小花貓正在一排牽牛花下面玩耍，它們好奇地瞪着藍寶石似的眼睛，望着一隻在地上爬行的小蝸牛。黃色的小貓好像在說：

「看你往哪兒逃！」灰色的小貓好像在說：「別出聲，我們把牠捉住！」而小蝸牛伸着兩隻觸角，歪着頭，不慌不忙地看着花貓們，好像在說：「想得美，你們做夢去吧！」這幾隻動物的神態描繪得出神入化，真令人讚歎。

走着走着，一股墨香撲鼻而來。原來我們來到了書法展廳。展廳的牆壁上展示着各種書法作品：既有龍飛鳳舞的草書，也有端莊的楷書，還有清晰秀麗的行楷。它們各有特色，讓人目不暇給，眼花繚亂。這些字有的流暢自然，一氣呵成；有的則蒼勁有力。各具特色的風格讓我們感到望塵莫及。我想，要是我也能寫出這麼漂亮的字，該有多好啊！

寫作小貼士

使用多個成語來形容書法作品的不同特色，讓讀者也想一睹為快。

小學生活用成語學堂

書展參觀記

每年暑假，在香港會議展覽中心都會舉辦盛大的「香港書展」。我期盼已久的「香港書展」終於來了，一大早我便和爸爸媽媽興沖沖地前往香港會議展覽中心，準備選購喜愛的圖書。

我們一進展廳，只見裏面人山人海，攤位多、圖書多、人更多，我感覺自己就是一條海洋中的沙丁魚，在大海裏游來游去。攤位裏面擺滿了不計其數的圖書、文具等等，而且每個攤位都很有「磁力」，我和媽媽都被這些「磁力」吸引住了。

當然，最吸引我的是兒童圖書展館。這裏的圖書最適合我看了，裏面全是五花八門的兒童圖書和卡通圖畫，既有童話、繪本故事，也有漫畫、益智故事、百科全書……形形色色，應有盡有，讓我大開眼界。在一個攤位前，我看到了許多本《老鼠記者》，我和同學們都愛看那裏面一個個驚險刺激的小故事。我翻開一本看了起來，不一會兒我就深深地進入了書中神奇的世界，裏面的圖畫引人入勝，精巧的故事扣人心弦，而且妙趣橫生，真是令人百看不厭。於是，我毫不猶豫地請媽媽給我買了幾本。

媽媽還替我買了一本百科全書，她說裏面的內容包羅萬象，有關動植物、天文、科學、人文、藝術等等，既能增長我的知識，又能開闊想像空間。爸爸也幫我買了一些補充練習。最後，我們把一大堆書裝進旅行箱，高高興興地回家了。

寫作小貼士

適當地在句中運用成語，能使原本平淡的語句變得更加吸引人，給人深刻的印象。

一 成語填充

選擇下列成語，填在句子的橫線上。

> 出神入化　　扣人心弦　　五花八門　　一氣呵成

1. 陶藝沒有固定的模式，我會鼓勵大家隨意設計，可以 ＿＿＿＿＿ ＿＿＿＿＿＿＿＿＿＿，只要能表達自己的想法就好。

2. 動手做陶藝之前，你必須想好自己作品的樣子，然後果斷地 動手，最好能 ＿＿＿＿＿＿＿＿ 地完成作品。

3. 音樂會的琴音 ＿＿＿＿＿＿＿＿，令觀眾都聽得非常陶醉。

4. 那裏有街頭藝人穿着古裝表演武術，他的武術 ＿＿＿＿＿＿＿ ＿＿＿＿＿，使觀眾看得目瞪口呆。

二 成語辨別

根據句子的意思，圈出正確的成語。

1. 活動中有 眼花繚亂 形形色色 的文化表演，各人都可按自己

的喜好挑選自己感興趣的節目觀看。

2. 表演者們穿着節日盛裝，連番精彩的表演讓遊客們

世外桃源 目不暇給 。

3. 望塵莫及 妙趣橫生 的雜技表演令台下的觀眾讚不絕口，大

家都非常投入。

4. 在這個博覽會中除了能觀看表演，還能吃到各地特色美

食，天南地北，  一氣呵成 不計其數 。

單元九　人物眾相

傾國傾城　　如花似玉　　國色天香　　明眸皓齒　　風度翩翩
氣宇軒昂　　文質彬彬　　溫文爾雅　　其貌不揚　　人山人海
水泄不通　　絡繹不絕　　摩肩接踵　　座無虛席

成語小學堂

傾 國 傾 城　qīng guó qīng chéng 褒

【解釋】全國、全城的人都被她的美貌傾倒。形容女子長得很美。

【例句】1. 楊貴妃的美貌傾國傾城，是中國古代四大美人之一。
　　　　2. 她把自己的容貌與傾國傾城的西施相比，自信十足。

【近義】㊤如花似玉、㊤國色天香

【反義】㊤面目可憎、㊤其貌不揚

如 花 似 玉　rú huā sì yù 褒

【解釋】如同花兒和玉石一般美麗。比喻女子容姿美麗動人。

【例句】1. 大廳裏走進來一位如花似玉的女孩，人們的目光不由
　　　　　 得集中在她身上。
　　　　2. 姊姊一頭鬈曲的黑髮披在耳後，如花似玉的臉上總是
　　　　　 帶着微笑。

【近義】㊤國色天香

【反義】㊤其貌不揚、㊨姿色平庸

103

國 色 天 香 guó sè tiān xiāng

【解釋】本為形容牡丹花的顏色和香氣不同於一般花卉，後來也用於形容女子的美麗。

【典故】唐朝時，唐文宗在大臣的陪同下到御花園裏賞花，園內百花齊放，爭奇鬥豔。唐文宗十分欣賞牡丹花，就問大臣有哪些有關牡丹的詩在都城傳唱。大臣回答說有一首詩寫得最好：「天香夜染衣，國色朝酣酒。」「天香」用來形容牡丹花的芳香。「國色」則用來形容牡丹花漂亮的顏色。唐文宗聽了讚歎不已。

從此「國色天香」成為牡丹的代稱，後人則用來形容國內容貌最美的女子。

【例句】1. 她因為有國色天香的外表，所以在選美比賽中奪冠。
2. 戲中的女主角長得國色天香，美若天仙。

【近義】成沉魚落雁、成閉月羞花　　【反義】成其貌不揚

成語小百科　牡丹因其花色豔麗，冠絕羣華，自古就有「花中之王」的美稱，也常用於比喻最漂亮的女子。

明 眸 皓 齒

míng móu hào chǐ

小貼士：「眸」粵音「謀」，「皓」粵音「號」。

【解釋】明亮的眼睛、潔白的牙齒。形容女子容貌美麗。

【例句】1. 這本雜誌封面上的明星明眸皓齒，光彩照人，難怪路過的人都忍不住多看兩眼。

2. 這個小妹妹有明眸皓齒，而且笑容燦爛，看上去可愛極了。

【近義】㈱眉清目秀、㈱朗目疏眉

【反義】㈱鶴髮雞皮、㈱青面獠牙

風 度 翩 翩

fēng dù piān piān

【解釋】風度：風采、氣度，指美好的舉止姿態；翩翩：文雅的樣子。形容男子的舉止灑脫、文雅優美。

【例句】1. 這位著名導演一向風度翩翩，給人時尚而又文雅的印象，跟他拍攝的文藝電影一樣。

2. 教授身穿一襲長衫，風度翩翩，形象斯文。

【近義】㈱颯爽英姿、㈱風華正茂

氣宇軒昂 qì yǔ xuān áng 褒

【解釋】氣宇：氣魄、胸懷、度量；軒昂：高揚、不平凡。形容人精神飽滿，胸懷廣闊、風度不凡。

【典故】東漢末年，曹操派軍進攻劉備與孫權。劉備接受孫權提出聯合抗曹的建議，派諸葛亮前往東吳商談合作計劃。孫權擔心諸葛亮不能擔此大任，就派人去考他，只見諸葛亮氣宇軒昂，輕鬆解答難題，從而贏得東吳的信任。後人以「氣宇軒昂」形容氣度不凡、精神奕奕的男子。

【例句】1. 那位身材高大、氣宇軒昂的人就是公司的總裁。
2. 這位球星氣宇軒昂地捧起獎盃，向觀眾揮手。

【近義】㊑精神抖擻、㊑神采飛揚、㊑神采奕奕、㊑相貌堂堂

【反義】㊑萎靡不振、㊑沒精打采、㊑垂頭喪氣

辨析　　「氣宇軒昂」和「相貌堂堂」都可形容人相貌不凡、有氣度的樣子，但「氣宇軒昂」偏重於「氣宇」，特指人的氣概、精神；而「相貌堂堂」偏重於「相貌」，特指人的容貌、外觀。

文 質 彬 彬　wén zhì bīn bīn 褒

【解釋】文：文采；質：實質；彬彬：指文和質結合得很好。原本形容人既文雅又樸實，後來也指人的舉止文雅、有禮貌。

【例句】1. 叔叔一副文質彬彬的樣子，而且才華橫溢，我總說他是從古代來的書生。

2. 那個戴着眼鏡的年輕人文質彬彬，談吐不凡。

【近義】㊰溫文爾雅、㊰彬彬有禮

【反義】㊰出言不遜、㊰俗不可耐

溫 文 爾 雅　wēn wén ěr yǎ 褒

【解釋】形容人文質彬彬，態度溫和，舉止文雅有禮。

【例句】1. 哥哥總是保持着一副溫文爾雅的樣子，與弟弟整天活蹦亂跳的個性完全不同。

2. 穿上禮服的表弟立刻變得溫文爾雅，像個小紳士似的。

【近義】㊰文質彬彬、㊰彬彬有禮

【反義】㊰出言不遜、㊰俗不可耐

其 貌 不 揚 qí mào bù yáng 貶

【解釋】不揚：不好看。形容人的五官或整體外貌醜陋、難看。

【例句】1. 這位詩人雖然長得其貌不揚，卻很有才華。

2. 在眾多其貌不揚的演員中，他以獨特的幽默語言和誇張表演，給觀眾留下了深刻的印象。

【近義】⑩面目可憎、⑪賊眉鼠眼

【反義】⑩一表人才、⑩眉清目秀

成語小百科　我們說的五官通常是指：眼、耳、口、鼻、眉。用於形容五官的成語還有：「濃眉大眼」、「眉清目秀」、「耳聰目明」、「唇紅齒白」、「五官端正」等。

人 山 人 海 rén shān rén hǎi

【解釋】人多得像大山大海一樣，形容人聚集得非常多的樣子。

【例句】1. 每到暑假，主題樂園裏人山人海，每個機動遊戲都要大排長龍。

2. 比賽正在激烈地進行，體育館內人山人海，不時爆發出一陣陣歡呼聲。

【近義】⑩川流不息、⑩摩肩接踵、⑪人頭攢動

【反義】⑩門可羅雀、⑩荒無人煙、⑪冷冷清清

水 泄 不 通　shuǐ xiè bù tōng

【解釋】泄：排泄。指水流阻塞，無法流動。形容非常擁擠的樣子，或指包圍得十分嚴密。

【例句】1. 人們爭着觀看花車巡遊，把整條大街擠得水泄不通。
2. 看着已被人們擠得水泄不通的商場，媽媽放棄了購物的念頭。

【近義】成人山人海、成風雨不透

【反義】成暢通無阻、成四通八達

絡 繹 不 絕　luò yì bù jué

小貼士：「繹」粵音「亦」。

【解釋】絡繹：前後相接，連續不斷。形容人、車、馬、船隻等來來往往，連續不斷。

【例句】1. 世界盃足球賽即將開始，球迷們絡繹不絕地從世界各地趕到這裏。
2. 這個碼頭非常熱鬧，各式遊艇絡繹不絕，來來往往。

【近義】成源源不斷、成川流不息

【反義】成門可羅雀、詞門庭冷落

辨析

　　「絡繹不絕」和「源源不斷」都形容接連不斷，但「絡繹不絕」多用於人、車、馬。

摩肩接踵 mó jiān jiē zhǒng

小貼士：「踵」粵音「總」。

【解釋】摩：擦；接：接觸；踵：腳跟。肩碰着肩，腳碰着腳。形容人多，緊挨着，十分擁擠。

【例句】1. 這幾天，來公園裏賞花的人摩肩接踵，非常熱鬧。

2. 看着書展上摩肩接踵的人羣，媽媽一再提醒我要跟緊她，別走丟了。

【近義】㈲人山人海、㈱人頭攢動

【反義】㈲冷冷清清、㈱人煙稀少

「人山人海」形容人多的程度，像大山大海一樣；而「摩肩接踵」既形容人多，同時也寫出人的動作，即「摩」和「接」，強調人擁擠的程度。「人山人海」不強調人的動作。

座無虛席 zuò wú xū xí

【解釋】虛：空。座位都坐得滿滿的，沒有空着的。形容出席的人很多。

【例句】1. 體育館內將舉行一場國際足球比賽，可容納上萬人的看台早已座無虛席。

2. 還沒有到七時，會場內就已經座無虛席，連過道上都站滿了人。

【近義】㈲濟濟一堂、㈱人頭攢動

【反義】㈲寥寥無幾、㈲屈指可數

第一次觀看演唱會

我昨天第一次觀看演唱會，是我的一個難忘體驗。

我們來到香港紅磡體育館，裏面的盛況簡直令我目瞪口呆：巨大的體育館內人山人海，無數人揮舞着熒光棒。有的人大力搖晃着宣傳牌，有的人大聲叫着歌手的名字，有的人拿着手機、照相機不斷地拍照……連過道都被擠得水泄不通。熱情的觀眾裏既有文質彬彬的先生、如花似玉的女郎，也有白髮蒼蒼的老人和活潑可愛的孩子，每個人的臉上都充滿了興奮與期待的神情。

在開場的音樂聲中，一束耀眼的光線打在抱着吉他的歌手身上，歌迷們忍不住歡呼起來。這位歌手雖然長得其貌不揚，但一開口便令觀眾們安靜下來，人們聽得如癡如醉，深情的歌聲在體育館裏回蕩。

接着走上來一位女歌手與他對唱，二人的勁歌熱舞將人們的熱情又一次點燃。幾乎所有人都站起來，聲嘶力竭[①]地跟着歌手一起歡唱，一起跳舞。我也按耐不住激動的心情跟着一起唱起來。整個體育館都沸騰起來，變成了一個音樂的世界。

直到演出結束，歌迷們還意猶未盡[②]，不停地大聲呼喊歌手的名字，整座體育館彷彿被歌迷們的呼喊聲淹沒。第一次觀看演唱會的盛況真令我歎為觀止，原來觀看演唱會是這麼有趣、這麼特別，真是不枉此行[③]啊！

釋詞

① 聲嘶力竭：嗓子喊啞，力氣用盡，形容喊叫過度。
② 意猶未盡：興致未得到滿足，仍想繼續。
③ 不枉此行：沒有白跑一趟，形容某種行動的結果令人滿意。

成語故事廊

精彩的馬戲表演

華燈初上的傍晚，我和爸爸隨着絡繹不絕的人流來到中環，準備觀看雜技表演。早就聽說這次演出十分精彩，規模盛大，我懷着興奮和期待的心情，走進巨大的白色馬戲棚。可容納二千多人的戲棚裏座無虛席，人聲鼎沸①。

寫作小貼士

作者通過對表演場地內外的描寫，運用成語「絡繹不絕」、「座無虛席」和「人聲鼎沸」反映前來觀看馬戲表演的人數眾多，易引起讀者的注意與好奇。

燈光暗下來，表示演出正式開始了。突然燈光亮起，六匹通體雪白的駿馬飛馳而過，牠們跟隨音樂的節拍，時而優

雅踱步，時而昂首踏步……牠們的出現令現場響起熱烈的掌聲。隨後，兩位風度翩翩的騎士各自騎着鬃毛飄逸的駿馬，從舞台一側飛馳出來。騎師輕巧地躍過前方突然出現的欄杆，穩穩地落在馬背上。他們輕鬆自如地在馬背上做出各種驚險動作，令觀眾驚歎。

正在大家嘖嘖稱奇②的時候，高空中「飛」下來幾位如花似玉的女郎，她們還在空中輕盈地飛轉，絢麗的服裝在燈光的照耀下顯得格外引人注目。她們跳起了優美的芭蕾舞，在扣人心弦的高空舞蹈下方，騎師與奔馬的表演也越來越精彩：氣宇軒昂的騎師們有的騎在馬背上飛奔，有的從馬背上跳上跳下，有的甚至站在馬背上練起了跳繩……真是令人歎為觀止！我目不轉睛地看着，怕錯過任何一個精彩的表演。

寫作小貼士

作者對舞台上的表演作了非常細緻的描寫，成語的運用恰到好處，使文章更加形象，生動。

直到演出結束，我才依依不捨③地走出馬戲棚，真想再看一次啊！

寫作小貼士

作者以自己的感受結尾，成語的運用使表達更加直接、傳神。

釋詞

① 人聲鼎沸：形容人羣的聲音吵吵嚷嚷。
② 嘖嘖稱奇：表示驚訝、讚歎。
③ 依依不捨：形容不捨得分開。

成語訓練營

一 成語運用

家玲一家人剛看完電影，以下是他們對演員的評論，人物對話中的劃線部分可用哪一個最適當的成語來代替？在橫線上填上正確答案。

例：

> 電影裏的女主角長得真美呀！<u>明亮的眼睛，潔白的牙齒</u>，笑容十分親切！

成語：＿＿＿＿明眸皓齒＿＿＿＿

> <u>文雅有禮貌</u>的男主角，才是這部戲最吸引的地方呢！

成語：1. ＿＿＿＿＿＿＿＿＿＿

> 我覺得男配角雖然<u>外貌不算很英俊</u>，但他演得非常感人，我很看好他！

成語：2. ＿＿＿＿＿＿＿＿＿＿

> 女主角雖然長得<u>如同花兒和玉石一般美麗</u>，但她的演技卻不如外貌那般出色！

成語：3. ＿＿＿＿＿＿＿＿＿＿

二 成語填充

選擇下列成語，填在橫線上，答案可多於一個。

> 絡繹不絕 風度翩翩 如花似玉
> 摩肩接踵 人山人海

　　每年的農曆新年，大名鼎鼎的道教廟宇——<u>黃大仙祠</u>內總是

1. _____。不可勝數的善男信女們 2. _____

____，緊挨着彼此，爭先恐後地在神像前搶着插上頭炷香。無論

在大殿平台、<u>三聖堂</u>還是<u>盂香亭</u>，到處都是 3. _____

____、來來往往的人潮。不管是 4. _____ 的紳士，還

是 5. _____ 的女士，人人手持香枝，虔誠地跪拜，祈

求新年好運，各式吉祥的話語在煙香繚繞的空氣中久久迴蕩。

三 成語造句

根據提供的成語和圖意來造句，填在橫線上。

水泄不通

_____

_____

_____

單元十 說話技巧

能言善辯	伶牙俐齒	滔滔不絕	妙語連珠	繪聲繪色
口若懸河	振振有詞	頭頭是道	暢所欲言	啞口無言
張口結舌	吞吞吐吐	花言巧語	胡說八道	

成語小學堂

能 言 善 辯 néng yán shàn biàn

小貼士：「辯」不能寫作「辨」。

【解釋】能：善於。形容口才好、善於辯論。

【例句】1. 在辯論賽中，參賽選手個個能言善辯，很難分出勝負。
2. 在團隊中，志偉能言善辯，深得大家的信服。

【近義】成舌燦蓮花、成能說會道

【反義】成笨口拙舌、成張口結舌

伶 牙 俐 齒 líng yá lì chǐ

小貼士：「伶」不能寫作「靈」；「俐」不能寫作「利」。

【解釋】伶、俐：靈活、乖巧。形容口才好、也形容善於應變。

【例句】1. 銷售員伶牙俐齒，說服媽媽買了一條昂貴的項鏈。
2. 他總能以伶牙俐齒回應老師的考問，答對問題。

【近義】成聰明伶俐、成能說會道、成能言善辯、成巧舌如簧

【反義】成呆頭呆腦、成張口結舌

滔滔不絕 tāo tāo bù jué

【解釋】滔滔：連續不斷的樣子。指話很多，說起來沒完沒了，像流水那樣毫不間斷，十分流暢。

【典故】唐玄宗時期，宰相張九齡因口才好而出名。每當他與賓客們談論起經書時，總是滔滔不絕。後來由於得罪權貴李林甫，張九齡被罷免了宰相職務。
後人以「滔滔不絕」形容說話講個不停。（出處：王仁裕《開元天寶遺事》）

【例句】1. 看到照片後，爸爸滔滔不絕地說起了陳年往事。
2. 李老師熟悉環保潮流，一講起就滔滔不絕。

【近義】㈲口若懸河、㈲娓娓而談、㈲侃侃而談、㈲源源不斷

【反義】㈲沉默寡言、㈲張口結舌、㈲啞口無言、㈲默默無言

妙語連珠 miào yǔ lián zhū

【解釋】巧妙風趣的話題一個接一個，好像串連在一起的珠子。

【例句】1. 哥哥思維敏銳，在辯論中對答如流，妙語連珠。
2. 爸爸在客廳裏妙語連珠，引得大家哈哈大笑。

【近義】 成妙語解頤、詞聞者捧腹、詞妙語雙關、詞妙語驚人

【反義】 詞廢話連篇、詞語言貧乏

繪聲繪色 huì shēng huì sè

【解釋】把人物的聲音、神色都描繪出來了。形容敍述或描寫生動逼真。多用於演說、講故事等方面。

【例句】1. 說起爸爸小時候的故事，婆婆如數家珍，講起來繪聲繪色，常讓我們笑個不停。
2. 叔叔繪聲繪色地與我們分享他在南非旅行的見聞，讓我們十分羨慕。

【近義】 成栩栩如生、成有聲有色、成活靈活現、成維妙維肖

【反義】 成平淡無奇、成枯燥無味

口 若 懸 河 kǒu ruò xuán hé

【解釋】若：好像；懸：掛。指講起話來滔滔不絕，像河水或瀑布般不停地奔流傾瀉。形容口才好，說起來沒完沒了。

【典故】西晉時有位思想家叫郭象。他懂的知識非常多，講解問題時能夠把事情的道理講得清清楚楚，又喜歡發表自己的看法。當時的太尉王衍常常稱讚他說：「聽郭象說話，好比懸在山上的河流奔瀉，直往下灌，從來沒有枯竭的時候。」後人就用「口若懸河」來形容談吐流利，能言善辯。（出處：劉義慶《世說新語·賞譽》）

【例句】1. 這場時事討論會很精彩，各人發言時都口若懸河。
2. 她一得到機會，就口若懸河地說起了自己的看法。

【近義】㉘誇誇其談、㉘滔滔不絕、㉘能言善辯

【反義】㉘沉默寡言、㉘噤若寒蟬、㉘閉口無言

辨析

「口若懸河」與「滔滔不絕」的區別在於：「口若懸河」偏重於形容口才好，講個不停，而「滔滔不絕」偏重於形容說話流暢。

振 振 有 詞 zhèn zhèn yǒu cí

【解釋】振振：理直氣壯的樣子。形容人自以為理由很充分，說個不停。

【例句】1. 你別看他表面理直氣壯，振振有詞，其實心虛得很。
2. 他做錯事卻振振有詞地說自己是在幫別人，實在是滿口歪理。

【近義】㊟理直氣壯、㊟義正辭嚴

【反義】㊟理屈詞窮、㊟張口結舌

頭 頭 是 道 tóu tóu shì dào

【解釋】形容說話、做事條理清楚、道理充分、面面俱到。

【例句】1. 辯論會中子明說得頭頭是道，令對方啞口無言。
2. 科學家對天象分析得頭頭是道，讓人大開眼界。

【近義】㊟條理分明、㊟井井有條、㊟有條不紊

【反義】㊟顛三倒四、㊟亂七八糟、㊟雜亂無章

暢所欲言 chàng suǒ yù yán 褒

【解釋】暢：盡情、痛快；欲：想要。指把心裏要講的話全部痛快地講出來。

【例句】1. 朋友之間可以暢所欲言，不須顧忌太多。

2. 老師希望同學們都能在這次的討論會踴躍提問，暢所欲言。

【近義】㊖各抒己見、㊖推心置腹

【反義】㊖吞吞吐吐、㊖欲言又止

啞口無言 yǎ kǒu wú yán 貶

【解釋】像啞巴一樣，說不出話來。形容人遭問話時，因理虧或不知如何回應而說不出話來，一言不發的樣子。

【例句】1. 他的一番話，說得大家都啞口無言。

2. 面對警察的質問，他啞口無言，只顧低下頭。

【近義】㊖張口結舌、㊖默默無言、㊖理屈詞窮

【反義】㊖振振有詞、㊖理直氣壯、㊖口若懸河

張口結舌 zhāng kǒu jié shé 貶

【解釋】結舌：舌頭不能轉動。指張着嘴説不出話，也形容理虧或由於緊張、害怕而説不出話。

【例句】1. 小明面對老師的提問，只能張口結舌，回答不了。
2. 他致辭時太緊張，一時張口結舌，説不出話來。

【近義】成啞口無言、成瞠目結舌

【反義】成口若懸河、成滔滔不絕

辨析　　「張口結舌」和「啞口無言」都用來形容説不出話來，或用於形容理屈詞窮。「張口結舌」多指想説而説不出來，形容驚慌、害怕或緊張的樣子；但「啞口無言」有時也形容由於某種原因默不作聲，無話可説。

吞吞吐吐 tūn tūn tǔ tǔ

【解釋】想説，但又不痛痛快快地説。形容説話有顧慮，要説不説的樣子。

【例句】1. 他從一個説話吞吞吐吐、缺乏自信的小男孩成長為口若懸河的辯論員。
2. 一談到那天夜裏他在哪兒，他就開始吞吞吐吐了。

【近義】成含糊其辭、詞支支吾吾

【反義】成直言不諱、成開門見山、成直截了當

花言巧語 huā yán qiǎo yǔ 貶

【解釋】說虛假而動聽的話。

【例句】1. 他誤信了那人的花言巧語，高價買下那件古董，結果發現是假的。

2. 她抵受不住推銷員的花言巧語，買了價值數千元的護膚品。

【近義】⑬甜言蜜語

【反義】⑬肺腑之言

胡說八道 hú shuō bā dào 貶

【解釋】沒有根據、不負責任地亂說一通。

【例句】1. 那人在法官面前竟然都胡說八道，不老老實實交待自己的問題。

2. 他竟然把別人的成就都歸功於自己，這難道不是胡說八道嗎？

【近義】⑬胡言亂語、⑬信口開河

【反義】⑬有憑有據、⑬言之鑿鑿

惠施與莊子

戰國時期有個叫惠施的人，很有學問。惠施能言善辯，曾經有人問他為什麼天不會墜落，地不會塌陷，為什麼天上會颳風、下雨、打雷？他不假思索，滔滔不絕地說上一大堆自己的觀點，說得頭頭是道。惠施喜歡與人辯論，經常陶醉於自己的高談闊論①之中。但是惠施卻總是敗在一個人手下，那就是著名的文學家、思想家莊子。

寫作小貼士

文中運用多個形容人口才好的成語，突出了惠施的特點。

莊子與惠施原本是朋友，莊子的才華遠在惠施之上，只是惠施熱衷名利，而莊子則為人低調。一次楚王派使者用重金請莊子做楚國的宰相，莊子笑着用烏龜比喻自己，寧可在水田裏呆着，也不願被供奉起來作為祭品，委婉地拒絕了楚王的邀請。

惠施則因為得到魏王的器重，做了宰相，但非常擔心有一天會失去榮華富貴。當有人對惠施說莊子將取代他的職位時，惠施便派人四處搜查莊子，想把他抓起來。莊子主動去見惠施，對他說：「你知道嗎？南方有一種鳥，從南海飛往北海，非梧桐不棲，非翠竹不食，非清泉不飲。」惠施茫然地問：「那又怎樣？」莊子說：「牠呀，在路上遇到了一隻貓頭鷹。你猜怎麼了？那隻貓頭鷹正在津津有味地吃東西。貓頭鷹驚恐地看着那隻鳥，生怕牠和自己爭食，於是怒視對方，仰頭『嘎嘎』叫着嚇唬牠。呵呵！現在，你也想拿魏國的相位嚇唬我嗎？」這番話說得惠施張口結舌，無言以對，以後再也不敢這樣對待莊子了。

寫作小貼士

「張口結舌」與文章開首「能言善辯」的特點形成鮮明對比，間接說明了莊子說話水準的高超。

 釋詞 ① 高談闊論：暢快而無拘束的談論。

成語故事廊

能言善辯的紀曉嵐

紀曉嵐被譽為清朝第一才子。他學識淵博[①]，過目不忘[②]，說起話來妙語連珠，有「鐵嘴」之稱，無人能敵。

相傳紀曉嵐在編《四庫全書》時，一次天氣炎熱，紀曉嵐脫掉上衣，盤起辮子工作。這時，乾隆帝突然到來。紀曉嵐知道這樣的裝束見皇帝是大不敬的，卻來不及穿衣服，只好躲到桌子底。哪料乾隆帝早已發現他，卻假裝不知道，還吩咐大家繼續照常工作。

寫作小貼士

開篇運用多個成語介紹人物特點，既簡潔又能給人留下深刻印象。

桌子底下的紀曉嵐，見沒什麼動靜，以為乾隆帝走了，就探出頭來問：「老頭子走了嗎？」話剛說完，他就看到乾隆帝正瞪着他。平時能說會道[③]的紀曉嵐嚇壞了，連忙穿上衣服，磕頭請罪。乾隆帝說：「你好大膽！為什麼叫我『老頭子』？」乾隆帝滿

寫作小貼士

文中運用多個形容人口才好的成語，使表達效果大大增強了。在內容上，也使人物態度的轉變變得順理成章。

以為紀曉嵐會啞口無言，沒想到他伶牙俐齒，滔滔不絕地解釋起來：「皇上萬壽無疆[④]，這就是『老』。您頂天立地，這就是『頭』了。天與地是皇上的父母，您難道不是『子』嗎？這些合起來就是『老頭子』啊！」紀曉嵐說得繪聲繪色，有根有據。乾隆帝聽了張口結舌，見紀曉嵐口若懸河，忍不住笑了起來。

遇到這種情況，紀曉嵐尚能處之泰然[⑤]，說得頭頭是道，是不是很讓人佩服呢？

寫作小貼士

連用幾個成語，說明人物思維靈活、善於應變，話語流暢。

釋詞

① 學識淵博：指學識深而且廣。
② 過目不忘：看過就不忘記。形容記憶力非常強。
③ 能說會道：能言善辯。
④ 萬壽無疆：萬年長壽，永遠生存。用於祝人長壽。
⑤ 處之泰然：形容處理事情沉着鎮定。也指對待危難毫不在意，若無其事似的。

成語訓練營

一 圖說成語

下面的圖片可以用哪個成語來形容？在橫線上填上正確答案。

> 伶牙俐齒　　口若懸河
> 繪聲繪色　　妙語連珠

1.

_____

2.

_____

3.

_____

4.

_____

二 成語辨別

圈出下面人物話語中錯誤運用的成語，並在橫線上填上正確的成語。

1.

> 講故事比賽的十一號小選手講得張口結舌，我要投她一票。

正確成語：＿＿＿＿＿＿＿＿＿＿＿

2.

> 要不是你輕信那個街頭推銷員的頭頭是道，就不會上當了！

正確成語：＿＿＿＿＿＿＿＿＿＿＿

3.

> 說起話來一向伶牙俐齒的家偉，竟然也被對手問得胡說八道了。

正確成語：＿＿＿＿＿＿＿＿＿＿＿

4.

> 一個優秀的節目主持人，即使手上的講稿不齊全，也要能吞吞吐吐地說下去。

正確成語：＿＿＿＿＿＿＿＿＿＿＿

5.

> 今天的討論會希望大家都能踴躍提問，振振有詞。

正確成語：＿＿＿＿＿＿＿＿＿＿＿

總複習一

一 成語辨別

使用哪個字才組成正確的成語？將正確的字圈出來。（8分）

例：目不（暇 / 瑕）給

1. 扣人心（弦 / 炫）　　　2. 綠草如（菌 / 茵）

3. 金（壁 / 碧）輝煌　　　4. 繁花似（綿 / 錦）

二 成語填充

根據以下句子內容，將上一題的成語填在下列句子中的橫線上。（8分）

1. 春天的花園裏＿＿＿＿＿＿＿＿＿＿，五彩繽紛，美麗極了。

2. 這部電影的故事情節十分＿＿＿＿＿＿＿＿，深受人們的歡迎。

3. 我們看到一羣男孩子正在＿＿＿＿＿＿＿＿的草地上快活地奔跑。

4. 這座宮殿＿＿＿＿＿＿＿＿，當年下令興建此建築的皇帝正是個奢侈的君主。

三 成語配字

將代表正確答案的英文字母填在 ☐ 內。（8分）

1. 表哥是一位翻譯員，他長得文質 ☐ ，說得一口流利的日語。

　　A. 杉杉　　　B. 冰冰　　　C. 彬彬　　　D. 賓賓

2. 這位教授總是穿着西裝，富有教養，顯得風度 ☐ 。

　　A. 遍遍　　　B. 偏偏　　　C. 篇篇　　　D. 翩翩

3. 照片中的<u>家琪</u>燦爛地笑着，明眸 ☐ 齒，充分表現出她活潑開朗的性格。

　　A. 浩　　　B. 皓　　　C. 告　　　D. 酷

4. 雖然外公已經七十多歲了，但他沒有一點老態，仍然思維敏捷，氣宇 ☐ 昂。

　　A. 宣　　　B. 炫　　　C. 軒　　　D. 仟

四 成語判斷

圈出運用適當的成語。（10分）

例：（ 賞心悅目　　風雨交加　　龐然大物 ）的景致。

1.（ 滔滔不絕　　絡繹不絕　　眼花繚亂 ）地講述。

2.（ 曲徑通幽　　古色古香　　世外桃源 ）的樓閣。

3.（ 綠草如茵　　鬱鬱蔥蔥　　萬紫千紅 ）的花朵。

4.（ 其貌不揚　　自強不息　　目不暇給 ）的精神。

5.（ 人山人海　　頭頭是道　　張口結舌 ）的理論。

五 成語運用

句子中的劃線部分可用哪一個最適當的成語來代替？在橫線上填上正確答案。（4分）

　　這些建築 1. 棟樑都用雕刻及彩畫裝飾，不僅用料講究，而且做工精湛，2. 充滿了古雅的色彩和情調。

1. _____　　2. _____

六 成語造句

利用提供的成語造句，寫在橫線上。（12分）

1. 氣宇軒昂　傾國傾城

_____

_____

2. 驚惶失措　手忙腳亂

_____

_____

選擇下列成語，填在橫線上，把日記補充完整，答案可多於一個。（14分）

鳥語花香	綠草如茵	萬紫千紅	綠葉成蔭
枝繁葉茂	鬱鬱蔥蔥	百花齊放	

4 月 12 日　星期六　　　　　　　　　　　　　　　　晴

　　今天，我們全家去郊野公園遊玩。走進公園裏，小道 1. ＿＿＿＿＿＿＿＿，為我們遮住了猛烈的陽光；公園裏有一個美麗的花壇，裏面 2. ＿＿＿＿＿＿＿＿，3.＿＿＿＿＿＿＿＿，美極了！微風拂過，送來一陣陣淡淡的清香，令人心曠神怡。

　　花壇旁有一片 4. ＿＿＿＿＿＿＿＿ 的草地，人們三五成羣，悠然自得地坐着看書、聊天。我們也坐在草地上一邊聊天，一邊看風景。不遠處有一片 5. ＿＿＿＿＿＿＿＿ 的樹林，小鳥在 6. ＿＿＿＿＿＿＿＿ 的樹上歡快地叫着，好像在歡迎我們的到來呢！郊外真是 7. ＿＿＿＿＿＿＿＿。啊！

總分：　　　／ 64

總複習二

一 成語填充

選擇下列成語，填在橫線上。（10分）

> 手忙腳亂　滔滔不絕　如花似玉　欣喜若狂　氣宇軒昂

1. 終於打敗對手了，哥哥 ＿＿＿＿＿＿＿＿＿，和隊友擊掌擁抱。

2. 媽媽 ＿＿＿＿＿＿＿＿＿ 地從一大堆文件裏尋找那張合約。

3. 雖然爺爺年紀大了，但還是像年輕時那樣 ＿＿＿＿＿＿＿＿＿＿＿＿。

4. 車廂裏很安靜，就只有他一個人 ＿＿＿＿＿＿＿＿＿ 地講電話。

5. 她長得 ＿＿＿＿＿＿＿＿＿，很多人都稱讚她的美貌呢！

二 成語疊字

在橫線上補充疊詞，使成語及句子意思完整。（8分）

1. 他多年來都 ＿＿＿＿＿＿＿ 不倦地學習。

2. 春天來了，花園裏一片 ＿＿＿＿＿＿＿ 向榮的景象。

3. 他的雙眼 ＿＿＿＿＿＿＿ 有神，對前路充滿希望。

4. 媽媽剛旅遊回來，就 ＿＿＿＿＿＿＿ 不絕地説起自己的見聞。

三 成語運用

句子中的劃線部分可用哪一個最適當的成語來代替？圈出代表答案的英文字母。（8分）

1. 這位畫家繪畫時<u>技藝熟練</u>，無可挑剔。

   A. 融會貫通　　　　B. 勤能補拙

   C. 得心應手　　　　D. 學以致用

2. 他所說的理由讓人<u>哭也不好，笑也不好</u>。

   A. 樂在其中　　　　B. 捧腹大笑

   C. 忍俊不禁　　　　D. 哭笑不得

3. 他做事總是慢慢的，<u>不慌不忙</u>，有時真讓身旁的人替他着急。

   A. 慢條斯理　　　　B. 旁若無人

   C. 大搖大擺　　　　D. 不動聲色

4. 看他煮菜時一副<u>做事慌張，沒有條理</u>的樣子，我猜這是他第一次做飯。

   A. 膽戰心驚　　　　B. 手忙腳亂

   C. 無計可施　　　　D. 坐立不安

四 成語辨別

選出適當的成語，將代表正確答案的英文字母填在 ☐ 內。

（12分）

1. 台上歌手的演唱 ☐ ，讓聽眾都很陶醉。

    A. 望塵莫及　　　　　B. 一氣呵成

    C. 扣人心弦　　　　　D. 妙趣橫生

2. 櫥窗裏擺放着很多讓人 ☐ 的精美水晶工藝品，吸引行人駐足欣賞。

    A. 炯炯有神　　　　　B. 目不暇給

    C. 出神入化　　　　　D. 欣欣向榮

3. 商店裏的玩具 ☐ ，弟弟一時不知道想買哪個。

    A. 如花似玉　　　　　B. 龍飛鳳舞

    C. 五花八門　　　　　D. 愛莫能助

4. 表姐的口才很好，演講時不帶演講稿也能説得 ☐ 。

    A. 伶牙俐齒　　　　　B. 吞吞吐吐

    C. 花言巧語　　　　　D. 頭頭是道

5. 電影院內  ，大家都十分期待這部電影作品。

　　A. 座無虛席　　　　　B. 望塵莫及

　　C. 胡說八道　　　　　D. 坐立不安

6. 他總是一副  的樣子，跟他相處讓人感到很舒服。

　　A. 如花似玉　　　　　B. 溫文爾雅

　　C. 國色天香　　　　　D. 傾國傾城

利用提供的成語，續寫句子，寫在橫線上。（10 分）

1. 温文爾雅

   姐姐是一個 _____ 。

2. 無能為力

   <u>浩文</u>對考試 _____ 。

3. 得心應手

   <u>李伯</u>經驗豐富， _____ 。

4. 破涕為笑

   蛋糕剛拿出來， _____ 。

5. 勤能補拙

   即使天資不高也不要緊， _____ 。

總分：　　／ 48

單元一

成語訓練營

一 1. 哄堂大笑

2. 眉開眼笑 / 笑容可掬 / 笑顏逐開

3. 破涕為笑

4. 笑逐顏開 / 眉開眼笑

5. 笑容可掬 / 眉開眼笑 / 笑顏逐開

二 1. A 2. C 3. A 4. C 5. D

單元二

成語訓練營

一 1. 腳踏實地 2. 夜以繼日

二 1. C 2. C 3. B 4. C

三 1. 夜以繼日 2. 自強不息

3. 得心應手 4. 融會貫通

5. 勤能補拙 6. 日積月累

單元三

成語訓練營

一 1. 旭日東昇 2. 雨過天晴

3. 狂風怒號 4. 滂沱大雨

二 1. C 2. A 3. C

單元四

成語訓練營

一 以下答案僅供參考：

亭臺樓閣、賞心悅目、古色古香、

歎為觀止、引人入勝

二 1. 金碧輝煌 2. 歎為觀止

3. 引人入勝 4. 世外桃源

單元五

成語訓練營

一 以下答案僅供參考：

1. 鳥語花香 2. 綠草如茵

3. 花枝招展 4. 含苞待放

二 1. 含苞待放 2. 爭妍鬥麗

3. 枝繁葉茂

三 以下答案僅供參考：

1. 百花齊放 2. 欣欣向榮

3. 鬱鬱蔥蔥 4. 綠草如茵

單元六

成語訓練營

一 1. 慢 2. 旁

二 1. 活蹦亂跳　　2. 炯炯有神

　　3. 小巧玲瓏

三 1. 不動聲色　　2. 優哉游哉

　　3. 龐然大物

單元七

成語訓練營

一 以下答案僅供參考：

　　1. C、D　　2. A、B

　　3. C、D　　4. A、B

二 1. 心慌意亂　　2. 坐立不安

　　3. 走投無路

單元八

成語訓練營

一 1. 五花八門　　2. 一氣呵成

　　3. 扣人心弦　　4. 出神入化

二 1. 形形色色　　2. 目不暇給

　　3. 妙趣橫生　　4. 不計其數

單元九

成語訓練營

一 1. 文質彬彬　　2. 其貌不揚

　　3. 如花似玉

二 1. 人山人海

　　2. 摩肩接踵 / 絡繹不絕

　　3. 絡繹不絕 / 摩肩接踵

　　4. 風度翩翩

　　5. 如花似玉

三 以下答案僅供參考：

　　（參考答案）前往觀看煙花匯演的
　　人把維多利亞港旁擠得水泄不通。

單元十

成語訓練營

一 以下答案僅供參考：

　　1. 口若懸河　　2. 伶牙俐齒

　　3. 妙語連珠　　4. 繪聲繪色

二 以下答案僅供參考：

　　1. 錯誤成語：張口結舌

　　　　正確成語：繪聲繪色 / 頭頭是道

　　2. 錯誤成語：頭頭是道

　　　　正確成語：花言巧語

　　3. 錯誤成語：胡說八道

　　　　正確成語：張口結舌 / 啞口無言

　　4. 錯誤成語：吞吞吐吐

　　　　正確成語：滔滔不絕

　　5. 錯誤成語：振振有詞

　　　　正確成語：暢所欲言

總複習一

一 1. 弦　2. 茵　3. 碧　4. 錦

二 1. 繁花似錦　　2. 扣人心弦
　 3. 綠草如茵　　4. 金碧輝煌

三 1. C　2. D　3. B　4. C

四 1. 滔滔不絕　　2. 古色古香
　 3. 萬紫千紅　　4. 自強不息
　 5. 頭頭是道

五 1. 雕樑畫棟　　2. 古色古香

六 以下答案僅供參考：
　 1.（參考答案）電影中的兩位主
　　 角，男的氣宇軒昂，女的傾國
　　 傾城，真是匹配。
　 2.（參考答案）看他驚惶失措的
　　 樣子，做起事來都變得手忙腳
　　 亂。

七 1. 綠葉成蔭
　 2. 百花齊放 / 萬紫千紅
　 3. 萬紫千紅 / 百花齊放
　 4. 綠草如茵

　 5. 鬱鬱蔥蔥 / 枝繁葉茂
　 6. 枝繁葉茂 / 鬱鬱蔥蔥
　 7. 鳥語花香

總複習二

一 1. 欣喜若狂　　2. 手忙腳亂
　 3. 氣宇軒昂　　4. 滔滔不絕
　 5. 如花似玉

二 1. 孜孜　　　2. 欣欣
　 3. 炯炯　　　4. 滔滔

三 1. C　2. D　3. A　4. B

四 1. C　2. B　3. C
　 4. D　5. A　6. B

五 以下答案僅供參考：
　 1.（參考答案）溫文爾雅的人，從不
　　 與人發生爭執
　 2.（參考答案）很重視，常給自己很
　　 大壓力，我們想幫他也無能為力
　 3.（參考答案）做菜時總是得心應手
　 4.（參考答案）剛剛哭鬧不止的弟弟
　　 立刻破涕為笑
　 5.（參考答案）勤能補拙，努力就會
　　 有進步

檢索表

檢索表

檢索表

小學生活用成語學堂（中階）

審　　校：宋詒瑞
編　　寫：思言
繪　　圖：李成宇、Monkey
責任編輯：張可靜
美術設計：李成宇
出　　版：新雅文化事業有限公司
　　　　　香港英皇道 499 號北角工業大廈 18 樓
　　　　　電話：(852) 2138 7998
　　　　　傳真：(852) 2597 4003
　　　　　網址：http://www.sunya.com.hk
　　　　　電郵：marketing@sunya.com.hk
發　　行：香港聯合書刊物流有限公司
　　　　　香港新界大埔汀麗路 36 號中華商務印刷大廈 3 字樓
　　　　　電話：(852) 2150 2100
　　　　　傳真：(852) 2407 3062
　　　　　電郵：info@suplogistics.com.hk
印　　刷：永利印刷有限公司
　　　　　香港黃竹坑道 56-60 號怡華工業大廈 3 字樓
版　　次：二〇一六年十一月初版
　　　　　二〇一九年五月第三次印刷

ISBN: 978-962-08-6698-2
© 2016 Sun Ya Publications (HK) Ltd.
18/F, North Point Industrial Building, 499 King's Road, Hong Kong
Published and printed in Hong Kong